과학자의
세상 바꾸기

과학자의 세상 바꾸기

발행일	2016년 06월 30일

지은이	박 필 호		
펴낸이	손 형 국		
펴낸곳	(주)북랩		
편집인	선일영	편집	김향인, 권유선, 김예지, 김송이
디자인	이현수, 신혜림, 윤미리내, 임혜수	제작	박기성, 황동현, 구성우
마케팅	김회란, 박진관, 김아름		
출판등록	2004. 12. 1(제2012-000051호)		
주소	서울시 금천구 가산디지털 1로 168, 우림라이온스밸리 B동 B113, 114호		
홈페이지	www.book.co.kr		
전화번호	(02)2026-5777	팩스	(02)2026-5747

ISBN	979-11-5987-081-1 03810(종이책)	979-11-5987-082-8 05810(전자책)

이 도서의 국립중앙도서관 출판예정도서목록(CIP)은 서지정보유통지원시스템 홈페이지(http://seoji.nl.go.kr)와
국가자료공동목록시스템(http://www.nl.go.kr/kolisnet)에서 이용하실 수 있습니다.
(CIP제어번호: CIP2016014625)

성공한 사람들은 예외없이 기개가 남다르다고 합니다.
어려움에도 꺾이지 않았던 당신의 의기를 책에 담아보지 않으시렵니까?
책으로 펴내고 싶은 원고를 메일(book@book.co.kr)로 보내주세요.
성공출판의 파트너 북랩이 함께하겠습니다.

前 한국천문연구원장 박필호의

8년간의 공공기관 혁신 이야기

과학자의
세상 바꾸기

박필호 지음

북랩 book Lab

추천사

저자는 진정한 혁신 의지를 가진 분입니다. 저에게 혁신위원회 동참 의사를 물어오는 첫 만남부터 그러했습니다. 정부지시에 따른 형식적 혁신을 위한 것이라면 도와드리기 어렵다고 말씀드리자, 저자는 진정성 있게 말씀하셨습니다. 한국천문연구원은 한국천문연구원대로 일정을 갖고 기관 현실을 고려하여 혁신할 것이라고 말입니다.

이 책을 보면서 '정부에서 매년 기관별로 시행하는 혁신 평가에 연연하지 않는다.', '정부에서 어떤 내용과 일정으로 혁신을 추진하든 우리는 우리 기관 형편에 맞는 내용과 일정대로 추진한다.'라는 원칙을 이미 가지고 있었던 것을 알 수 있었습니다. 정부출연연구기관 입장에서 볼 때 결코 쉽지 않은 원칙을 수립한 것입니다. 일류를 꿈꾸고 일류 연구소를 만들고 싶다는 소망이 없었던 사람은 세울 수 없는 원칙이었을 것입니다.

저자는 혁신을 명확하게 이해하고 있는 분입니다. 이 책에는 그 과정이 오롯이 담겨있습니다. 혁신을 전담할 조직을 만드는 것과 혁신을 이끌 동력을 마련하는 게 가장 시급하다는 결론을 가진 것을 봐도 그렇습니다. 혁신위원회 구성에서 자발적 의지를 가진 사람들을 물색합니다. 제대로 혁신하려면 단 한 명이라도 좋으니 뜻을 같이할 동지를 구하는 것이 가장 중요하다고 판단했기 때문입니다.

이 책 곳곳에는 저자의 솔직하고 진지한 성정이 그대로 묻어나 있습니다. 저자는 과감합니다. 과거에 연연하지 않고 미래를 보기 때문입니다. 군더더기가 없습니다. 핵심을 이해하고 있기 때문입니다. 그의 성정처럼 이 책은 편안하고 속도감 있게 혁신과정을 다루고 있습니다.

저자는 수립된 수많은 중장기 계획이 제대로 시행되지 못하거나 노력에 비해 헛수고로 끝나는 경우가 있음을 알고 있었습니다. 그 원인은 급한 마음에 구성원들의 적극적인 참여를 생략한 채 몇몇이 모여 뚝딱 해치우기 때문입니다. 구성원 간에 싸워가며 합의를 이루는 과정은 지루하고 힘든 일이지만 그 과정을 거쳐야 실행력과 성과가 보장된다는 사실을 강조하고 있습니다.

저자는 중장기 계획이 없다는 것은 폭풍우 몰아치는 거친 밤바다를 항법장치 없이 항해하는 것처럼 매우 위태로운 일이라고 보고 있습니다. 이 책에는 한국천문연구원에서 중장기 계획을 제대로 만들어 시행하고 누구도 예상치 못한 기적을 만들어 낸 경험을 그대로 토로하고 있습니다.

이 책에는 책임 있는 직책에서 성공적 임무를 수행한 과학자로서, 과학계와 사회에 대한 애정 어린 고민도 듬뿍 담아 놓았습니다. 지난 20여 년간 자율성을 빼앗긴 정부출연연구기관의 현실은 매우 어렵고 자포자기 상태라고 진단하고 있습니다. 그리고 과학기술계 발전 방법을 제시하였습니다. 먼저 과학기술자들이 스스로 반성하고 각성하고 바로 서야 한다고 촉구하고 있습니다. 더불어 과학기술자를 존중해 주는 사회적 풍토가 되살아나 지금 절망감에 빠진 과학기술자들에게 구원의 손길을 내밀어야 한다고 요구하고 있기도 합니다. '과학기술인이 결정하고 과학기술인이 책임지는 구조'가 핵심임을 말하고 있습니다. 많은 과학기술자들이 국가 발전을 위해 일한다는 사명감과 자긍심을 갖도록 국가가 자율적인 환경을 제공하는 것이 중요함을 역설하고 있습니다. 이 바람은 노벨상을 꿈꾸는 저자가 노벨 물리학상을 타면 독일처럼 '과학기술자의 자율과 정부출연연구기관의 자치운영을 보장한다.'고 헌법에 명시해 달라고 요구하겠다는 간절함에서 묻어납니다.

저자는 현실사회에 대한 날카로운 비판의 눈을 가지되 사랑하는 마음으로 우리나라의 역사를 보듬고 싶어 하고 있습니다. 긍정신문을 만들어 사회를 맑게 하고 싶은 소망도 말합니다. 50대 후반에 판소리를 배우는 것도, KIVA에 자신의 돈을 내는 것도, 서울 성곽을 돌아보는 모임을 하는 것도 올곧은 나라 사랑, 사회 사랑, 삶의 사랑이 아닐까 싶습니다. 또한 품격있는 실용성을 가진 선비 정신이 아닐까 싶습니다.

이 책을 통해 우리는 정부출연연구기관을 혁신했던 소중한 경험을 배울 수 있습니다. 정부출연연구기관의 변화를 고민하는 많은 분들에게 실질적인 도움이 되리라 생각합니다.

제가 저자와 만나 함께한 10여 년의 세월 동한 참으로 행복했습니다. 사회와 삶에 대해 함께 고민하며 많은 대화를 나누었던 시간 시간이 귀했습니다. 그리고 이제 저자가 자신의 인격을 담아 글로 표현한 이 책을 보니 과거 10년이 생생하게 되살아납니다. 정부출연연구기관의 미래를 꿈꾸는 많은 분들에게도 비상의 기쁨을 확실히 줄 수 있을 것이라 여깁니다.

Key2S 대표이사, 『절대목표』 저자_**박기준**

첫 직장인 한국천문연구원에 근무한 지 어느덧 30년이 지나고 있다. 지난 30년을 대략 삼등분해 본다. 초반 10년은 천체역학과 인공위성궤도 분야의 전문가로서 밤새는 줄도 모르고 컴퓨터 프로그램을 짰다. 중반 10년은 우리나라 위성항법시스템(GNSS) 분야의 개척자로서 국가적인 연구기반을 다지기 위해 동분서주했다. 후반 10년은 핵심 경영자로서 정부출연연구기관인 한국천문연구원을 혁신시키기 위해 나름 애썼다.

한국천문연구원은 1974년에 국립천문대라는 국립연구기관 즉 공무원 조직으로부터 출발하여 1986년에 정부 출연금으로 운영되는 정부출연연구기관으로 바뀌었다. 공무원 조직의 경직성에서 벗어나 연구에 더 적합한 자율적이고 유연한 조직으로 탈바꿈하고자 자발적으로 선택한 길이다. 하지만 20여 년간 지속된 공무원 조직의 일부 부정적인 유산은 쉽게 사라지지 않았고 그 묵은 때를 벗기는데 역시 20여 년이 걸렸다.

부원장과 원장이라는 정부출연연구기관의 핵심 경영자로서 한국천문연구원을 개혁시키고 성과를 이룬 8년간의 여정을 소설 형식으로 엮어 '1장: 과학자의 경영 이야기'에 담았다. 소설 형식을 택한 것은 자칫 지루할 수 있는 내용을 읽기 쉬운 이야기로 풀어내기 위해서다. 소설을 써 본 적이 없어 형식이라도 제대로 갖추었는지 몰라 두렵다. 전문 경영자 입장에서 볼 때 이 이야기는 신파극 같은 어설픈 경험담일 수 있다. 하지만 과학자가 경험하고 이뤄낸 경영 이야기이기에 나름 의미가 있다고 스스로 위로하며 용기를 낸다. 혼자서가 아닌 뜻을 같이한 직원들과 혼신의 힘을 다해 함께 이뤄낸 값진 일이기에 기록으로 남겨 공유하고 싶다. 막상 글로 써 놓고 보니 나의 글솜씨가 너무 조악하여 책으로 발간하기에 쑥스러울 정도로 부끄럽다. 공공기관의 경영 환경과 토양이 일반 회사와 많이 다르고, 공공기관의 경영에 관한 사례를 책으로 만든 예도 드문 편이다. 정부출연연구기관을 포함한 공적기관의 경영에 대해 관심 있는 누군가에게 이 이야기가 작은 도움의 손길이 되길 바랄 뿐이다.

우리가 수립한 수많은 중장기 계획이 제대로 시행되지 못하거나 노력에 비해 헛수고로 끝나는 경우를 종종 본다. 급한 마음에 구성원들의 적극적인 참여를 생략한 채 몇몇이 모여 뚝딱 해치우기 때문이다. 구성원 간에 치고받고 싸워가며 합의를 이루는 과정은 지루하고 힘든 일이다. 하지만 그 과정을 거쳐야 실행력과 성과가 보장된다는 값진 교훈을 얻었다. 특히 한 조직에서 중장기 계획을 수립한다는 것과 그 과정이 얼마나 중요한가를 깨달았다. 중장기 계획이 없다는 것은 폭풍우 몰아치는 거친 밤바다를 항법장치 없이 항해하는 것처럼 매우 위태로운 일이다. 중장기 계획을 제대로 만들어 시행하면 누구도 예상치 못한 기적을 만들어 낼 수 있다는 무서운 힘을 직접 경험했다.

한 시대를 살아가는 과학자이자 지식인으로서 대한민국 사회에 전하고 싶은 생각을 수필 형식으로 엮어 '2장: 과학자로서 지식인으로서 우리 사회에 하고 싶은 이야기'에 담았다. 이 수필을 통해 우리 국민과 정부 관계자들이 과학기술자의 속성을 좀 더 이해하고 존중해주길 바란다. 또한 과학기술자를 포함한 이 사회의 많은 지식인들의 의식과 행동이 바뀌어 우리 사회가 선진국답게 좀 더 맑아지고 따스하고 밝아지길 염원한다.

우리나라가 짧은 시간 내에 빈곤퇴치와 민주화를 동시에 달성하며 남들이 부러워하는 한강의 기적을 이뤄낸 것에 대해 우리 스스로 자부심을 가질 만하다. 이 기적을 만들어 내기까지 많은 사람들이 희생했지만, 과학기술자도 중요한 역할을 했고 선진국으로서 우리의 미래 역시 과학기술자에 달렸다. 하지만 우리 사회가 이 사실을 점점 잊혀 가고 있는 거 같아 안타깝다.

정부출연구기관에 종사하는 과학기술자의 연구능력을 국가의 핵심 자산으로 인식하고 이것을 육성하도록 해야 하는데 현실은 많이 다르다. 지난 20여 년간 자율성을 빼앗긴 우리나라의 과학기술, 특히 정부출연구기관의 현실은 매우 어렵고 자포자기 상태. 먼저 과학기술자들이 스스로 반성하고 각성하고 바로 서야 한다. 이와 더불어 과학기술자를 존중해 주는 사회적 풍토가 되살아나 지금 절망감에 빠진 과학기술자들에게 구원의 손길을 내밀어야 한다. 나를 비롯한 정부출연구기관에 근무하는 많은 과학기술자들이 국가 발전을 위해 일한다는 사명감과 자긍심을 갖도록 국가가 자율적인 환경을 제공해야 한다. 이를 통해 과학기술자들의 헌신적인 노력으로 대한민국이 세계인으로부터 존경받는 선진국으로 우뚝 서는 제2단계 기적이 이뤄지길 기대한다.

난 지금도 노벨상을 꿈꾸며 연구한다. 60을 바라보는 나이에 어림 반 푼어치도 없는 망상이라고 생각할 수도 있다. 하지만 나는 내 꿈을 포기하지 않는다. 내가 노벨 물리학상을 타면 독일처럼 '과학기술자의 자율과 정부출연연구기관의 자치운영을 보장한다.'고 헌법에 명시해 달라고 요구하고 싶다. 과연 들어줄까? 지나친 욕심일까?

2016년 6월
연구실 창가에 촉촉하게 내리는 봄비를 바라보며

박덜호

차례

CHAPTER 2

과학자로서 지식인으로서
우리 사회에 하고 싶은 이야기

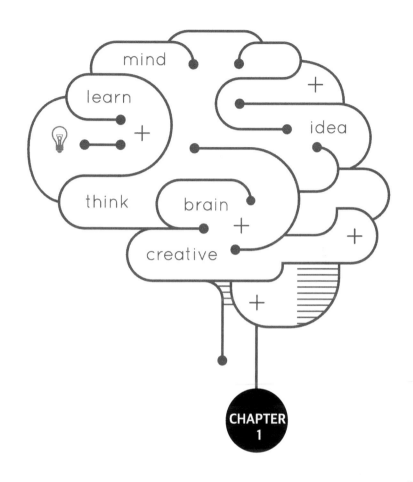

정부출연연구기관을
혁신한
과학자의 경영 이야기

천문우주과학연구원
원장직을 마치며

전례 없이 강당을 가득 메운 직원들의 관심 속에 원장 이·취임식을 얼떨결에 마쳤다. 지은 지 15년 된 180석의 강당이 지금까지 다 채워진 적이 거의 없었다. 하지만 오늘은 좌석이 모자라 많은 직원들이 강당 뒤쪽에 서서 북적일 정도로 꽉 찼다. 불과 지난 8년여 사이에 직원의 수가 꽤 늘었음을 실감한다.

이·취임식을 마치고 돌아오는 길에 습관적으로 원장실로 들어갈 뻔했다. 아차 싶어 몸을 휙 돌린 문질빈 원장은 낯선 연구실 입구에 우두커니 앉아 있는 검은 소파에 몸을 던졌다. 무엇보다도 무거운 짐을 벗어 버린 것 같이 후련했다. 지난 5년간의 부원장직과 3년간의 원장직을 무사히 마쳤다는 안도감이 마음 저 깊은 곳에서 서서히 샘솟았다. 그래선지 낯선 느낌조차 잊어버린 채 몸은 소파 안쪽으로 점점 기분 좋게 빨려 들어갔다.

돌이켜 보면 모든 게 감사할 따름이다. 본인은 물론 어느 누구도 예상치 못한 상황에서 기적적으로 원장이 되었다. 또한 연임 도전에 일찌감치 떨어져 쓸데없이 에너지를 낭비하지 않고 원장직을 여유 있게 물러났다. 같이 취임한 다른 세 명의 기관장 중 두 사람이 불행한 일로 3년 임기를 다 못 채우고 도중에 하차했다. 이런 일들을 상기할 때 만기 퇴임했다는 평범한 일이 얼마나 소중한 일인가 새삼 다가왔다.

문질빈 원장은 약칭으로 '천문(연)'이라 불리는 천문우주과학연구원에 28년간 재직하고 있다. 그는 첫 직장인 천문(연)의 발전을 위해 최고경영진으로서 지난 8년간 열정과 애정을 쏟아부었다. 그래선지 쉼 없이 달려왔던 시간들이 주마등처럼 지나갈 줄 알았는데 오히려 진한 발자국을 남기며 연구실 문을 열고 들어온다.

혁신의 기회를 잡다

9년 전 초여름이 시작되는 6월 아침이었다. 문질빈 우주과학연구부장은 출근하자마자 밤사이 도착한 전자우편을 점검하는 아침 의식을 치르고 있었다. 마시던 따스한 원두커피가 미지근해질 무렵, 평소 가깝게 지내던 행정부장이 연구실 문을 급하게 두드리며 심각한 표정으로 들어왔다.

"문 부장님, 부탁이 있어서 왔습니다."

행정부장은 난처한 목소리로 조심스럽게 말을 꺼냈다.

"아니 아침부터 행정부장께서 웬일로…."

"정부가 주도하는 주요 보직자 혁신 교육에 우리 기관을 대표해서 김전경 부장이 참석하기로 했는데, 갑자기 일이 생겨 갈 수 없다고 하니 차암."

"저라도 대신 참석하려 했으나 교육기간에 제가 중요한 행사를 주관해야 해서 대신 갈 수 있는 상황도 아니고…. 오늘 오전까지 참석자 명단을 제출해야 하는데 큰일 났습니다."

"혹시 형편이 되신다면 문 부장님께서 이번 교육에 대신 참석해 주실 수 있는지요."

문질빈 부장은 행정부장의 난감해하는 말꼬리에서 정부의 이번 교육 참석 요구가 매우 강하고 중요한 사안임을 직감했다. 천문(연) 내에 누군가 참석하지 않으면 정부로부터 기관에 안 좋은 대가가 따를 것만 같았다. 또한 요즘 중앙부처 중심으로 자주 거론되고 있는 혁신이 도대체 뭔가 궁금하기도 했다.

"우리 기관에서 갈 사람이 정 없으면 저라도 참석하겠으니 행정부장님, 너무 걱정하지 마세요."

그가 흔쾌히 수락하자 행정부장은 앓던 이가 빠진 양 환한 미소를 지으며 고맙다는 인사를 했다.

새 정부 들어서 국가 전체를 혁신하는 바람이 중앙부처를 중심으로 광풍처럼 불고 있었다. 그러나 천문(연)은 무풍지대처럼 고요했다. 천문(연) 내부에서 비교적 촉이 좋다는 그도 중앙부처에서 일고 있는 혁신 얘기를 언뜻 들은 적이 있을 뿐이다. 천문(연)과는 무관한 그냥 스쳐 지나가는 바람이겠거니 하며 별로 신경을 쓰지 않았다.

2박 3일의 혁신 교육에는 정부출연연구기관(이하 출연(연))은 물론 대부분의 정부 산하기관 보직자들 60여 명이 대거 참석했다. 정부의 변화 분위기에 민감한 기관은 여러 명이 참석했으나 천문(연)에서는 문질빈 부장이 유일한 참석자이다. 이것 하나만 봐도 그 당시 천문(연)이 얼마나 외부 변화에 둔감했던가를 미뤄 짐작할 수 있다. 중앙정부의 차관급인 혁신본부장이 직접 교육장에 나와 강의를 했다. 현재 정부에서 진행하고 있는 혁신을 따라오지 못하는 기관은 없어질 수 있다고 확신에 찬 강한 어조로 열변을 토했다. 문질빈 부장은 혁신이란 거대한 지진해일이 멀리서 다가오고 있음을 직감했다. 우연한 기회에 참석했지만 이번 교육을 받지 않았다면 어쩔 뻔했는가! 가뜩이나 외부의 변화에 무감각한 천문(연)은 엄청난 규모의 해일이 밀려오고 있는지도 모르고 있다. 이러다가 뭔가 크게 당할 거 같은 위기감이 뒷목을 타고 정수리 쪽으로 쭈뼛쭈뼛 올라왔다.

교육이 끝난 후 문질빈 부장은 그동안 밀린 일들을 처리하느라 교육받을 때 느꼈던 혁신 위기감을 잊고 한동안 정신없이 지냈다. 교육 이후 2주 정도 지났을 때 원장 비서를 통해 한 달 전에 취임한 신임 원장이 호출했다. 누구나 원장이 호출하면 긴장하기 마련인지라 무슨 일일까 궁금해하며 원장실 문을 조심스레 두드렸다. 원장은 기다렸다는 듯이 그를 반기며 소파에 앉자마자 깜짝 놀랄 말을 쑤욱 꺼냈다.

"문 부장, 나하고 같이 일해 볼 생각 없어요?"

"아니 지금도 원장님하고 일하고 있지 않습니까? 무슨 말씀이신지…"

전임 원장 때 시작하여 벌써 3년째 부장직을 수행하고 있던 터라 그는 의아한 표정으로 말꼬리를 흐렸다.

"아, 그건 나도 알지요. 현재 맡고 있는 부장직은 다른 사람에게 넘기고 부원장직을 맡아 주었으면 해서요."

예상치 못한 원장의 제의에 그는 내심 깜짝 놀라 어떻게 반응해야 할지 몰랐다.

"저는 아직 나이도 어리고…. 현재 부원장께서 잘하고 계신데 제게 중차대한 부원장직을 제안하시니 좀 당혹스럽습니다."

"내가 원장이 되면 문 부장과 같이 일해보고 싶다는 생각을 평소에 해 왔어요. 이번에 우리 기관을 개혁하고 싶은데 문 부장이 파트너로서 가장 적합한 거 같아 부원장직을 제안하는 것이오."

"무슨 말씀인지 알겠습니다. 저를 좋게 봐주셔서 감사합니다만 제겐 워낙 큰 사안이니 생각할 말미를 좀 주시길 바랍니다."

"나도 이 자리에서 당장 결정하라는 말이 아닙니다. 문 부장이 긍정적으로 생각해보고 가능하면 빠른 시일 내에 답을 주면 고맙겠소."

원장은 급한 마음을 담아 '빠른 시일'을 강조하듯 말했다. 그는 일주일 내에 가부를 알려주겠다 말하고 무거운 발걸음으로 원장실을 나왔다.

문질빈 부장은 첫 직장인 천문(연)에 20년 가까이 근무하고 있다. 그가 입사할 때가 공무원 조직인 국립연구기관에서 천문(연)이라는 출연(연)으로 성격이 막 바뀐 시점이었다. 따라서 그는 천문(연)의 원년 멤버인 셈이다. 출범 당시 천문(연)은 임직원이 40여 명밖에 안되는 작은 조직이었다. 조직의 형태는 바뀌었어도 사람이 바뀌지 않았기에 공무원 조직의 경직성과 비효율을 유산처럼 고스란히 물려받았다. 그는 20여 년간 근무하면서 공무원 조직에서 물려받은 구태의연한 모습에 평소 진저리가 나 답답해했다. 그럴 때마다 언젠가 자신에게 힘이 생기면 천문(연)을 새롭게 바꾸리라 다짐하곤 했다.

문질빈 부장에게 원장의 갑작스러운 부원장 제의는 두 가지 면에서 천문(연)을 바꿀 수 있는 절호의 기회로 여겨졌다. 첫째는 부원장이라는 직책이 가지는 특성에서 비롯된다. 출연(연)에서 부원장은 보통 연구기관의 안살림을 도맡아 한다. 가정으로 치면 원장은 남편의 역할을 부원장은 아내의 역할을 하는 셈이다. 원장은 내부적으로 인사권을 행사하는 반면 예산과 인력을 확보하기 위해 대 정부, 국회, 국제 활동 등 바깥일에 주로 신경을 쓴다. 그 외의 권한은 보통 부원장이 가지는데 사업을 기획하고 조정하며 확보된 예산을 각 부서에 분배하는 역할을 한다. 원내 주요 사안을 결정하는 주요 회의를 주재하는 역할도 한다. 따라서 직원들 입장에서 보면 원장보다는 예산 분배권과 연구사업 조정권을 가진 부원장의 권한이 더 피부에 와 닿는다. 마치 가정에서 아버지보다 어머니가 실질적 권한을 더 가지는 것처럼 말이다.

둘째는 정부가 강한 혁신을 요구하는 이때가 천문(연)을 개혁할 수 있는 더없는 기회라는 생각이 번개처럼 뇌리를 스쳤다. 평상시라면 부원장이 나서서 천문(연)이 바뀌어야 한다고 아무리 외쳐도 먹혀들지 않을 것이다. 구성원들이 쳐다보지도 않을뿐더러 아니꼬운 시선을 던질 게 뻔하다. 누구나 변화를 싫어하기 때문이다. 하지만 변하지 않으면 기관을 없애겠다고 할 정도로 외부 환경이 강하게 요구하고 있다. 기관을 개혁시키는데 이번보다 더 좋은 기회가 다시는 찾아오지 않을 거라 확신했다.

천문(연)을 개혁할 수 있는 천우신조의 기회가 왔음을 직감한 그는 원장이 제안한 부원장직을 3일 만에 흔쾌히 수락했다. 우연처럼 다가온 중요한 변곡점이 역사와 인생을 바꾼 예가 종종 있듯이 천문(연) 혁신의 시작은 이렇듯 우연에서 비롯되었다.

혁신을 이끌
동력을 갖추다

　신임 원장은 취임하자마자 대공사를 시작했다. 대로변 언덕 위에 설치된 담을 허물고 천문(연)이 바깥에서 훤히 들여다보이도록 광장을 만드는 일이다. 사람 키의 두 배가 넘는 언덕을 중장비로 퍼내고 깎아 도로 면과 같은 수준으로 맞추는 아무도 상상하지 못했던 대공사였다. 그동안 외부와 단절된 폐쇄적인 조직문화를 개방적인 모습으로 바꾸려는 의도에서 비롯된 과감한 시도였다. 그 의도를 잘 모르는 직원들은 예산을 연구에 쓰지 않고 당시 유행하던 담장 허물기에 쓴다며 원장을 대놓고 비난했다. 문질빈 부원장은 이런 기상천외한 시도를 보고 원장이 천문(연)을 개혁하려는 의지가 매우 강함을 엿볼 수 있었다. 어떤 조직을 개혁할 때 최고 책임자의 의지와 지지가 필수적이다. 따라서 원장의 개혁 의지가 강한 지금이야말로 천문(연)을 혁신시킬 수 있는 최고의 기회라고 더욱 확신했다. 그래서 그는 결연한 마음으로 원장을 찾아갔다.

"원장님, 드릴 말씀이 있습니다."

"어서 와요, 문 부원장. 어쩐 일로…"

"몇 주 전에 열린 정부 주도의 출연(연) 보직자 대상 2박 3일 혁신 교육에 제가 우연히 참석한 적이 있습니다. 아마 이 교육에 우리 기관에서는 제가 처음 참석했을 겁니다. 혁신본부장께서 이 교육에 나와 현 정부에서 강하게 추진 중인 공공기관 혁신에 대해 직접 강의를 했습니다. 그때 이번 혁신을 제대로 따라오지 못하는 기관은 없어질 수도 있다고 강한 어조로 말씀하셨습니다."

"지금 혁신의 해일이 몰려오고 있으니 우리 기관도 하루빨리 대책을 세워야 할 것 같습니다. 우리 기관만 조용하지 다른 기관들은 이미 발 빠르게 대처하는 모습입니다."

다행히도 원장이 귀담아들으며 이 사안을 심각하게 받아들였다.

"내가 문 부원장에게 우리 기관의 혁신에 관한 전권을 줄 테니 소신껏 해보세요."

원장은 군말 없이 권한을 위임하며 격려했다.

"저를 믿고 기관 혁신의 전권을 주시니 감사합니다. 원장님의 믿음에 부합하는 성과를 내도록 최선을 다하겠습니다."

그는 머리 숙여 감사의 뜻을 전하고 가벼운 걸음으로 원장실을 나섰다. 아무리 좋은 정책도 최고경영자의 동의나 지원 없이는 불가능하다. 원장이 본인을 믿고 전폭적인 지지를 해주니 한편 고맙기도 하고 이것 역시 천우신조라고 생각했다.

의기양양하게 사무실로 돌아온 그는 천문(연)의 개혁을 어디서부터 어떻게 해야 할지 막막했다. 무엇을 먼저 해야 하나 소파에 앉아 한참을 골똘히 생각했다. 결국 혁신을 전담할 조직을 만드는 것과 혁신을 이끌 동력을 마련하는 게 가장 시급하다는 결론에 도달했다. 먼저 혁신을 전담하고 지원하는 총 인력 2명의 조촐한 혁신팀을 조직했다. 마땅한 인물이 없어 고민 끝에 직원들 사이에 비교적 신망이 높은 고참 행정원을 팀장으로 삼았고, 인간관계가 원만한 젊은 직원을 팀원으로 발령을 냈다. 한편 천문(연) 전체의 혁신을 이끌어나갈 부원장 직속의 혁신위원회를 꾸렸다.

혁신팀과 몇 차례 논의 끝에 부서별, 분야별로 구색을 갖춰 십여 명으로 구성된 혁신위원회를 발족시켰다. 혁신위원회 첫 회의를 소집하고 보니 영문도 모르고 참석한 위원들의 '내가 왜 여기 와 있지? 바빠 죽겠는데 왜 하필 나야? 지금 다들 잘 지내고 있는데 혁신이라니 무슨 일을 벌이려고?' 하는 듯한 태도와 면면을 보고 '이건 아니다' 싶어 혁신위원회를 곧바로 해산시켰다. 제대로 혁신하기 위해서는 구색을 갖추는 것보다 단 한 명이라도 좋으니 뜻을 같이할 동지를 구하는 것이 가장 중요하다고 판단했다. 문질빈 부원장은 자발적으로 참여할 적당한 동반자를 찾기 위해 동료들을 개별 접촉하기로 했다.

천문(연)이 연구기관이다 보니 구성원의 75% 이상이 과학기술 관련 연구분야에서 일한다. 그러므로 연구분야 구성원들의 혁신 동참을 이끌어내지 못하면 기관 전체의 혁신은 물 건너간 거나 마찬가지다. 하지만 연구원들의 속성을 이해하고 있는 그로서는 이게 결코 쉬운 일이 아님을 잘 알고 있어 가장 고민이 되는 사안이다. 보통 연구원들은 본인의 연구분야에만 주로 관심을 갖지, 사회과학적인 성격이 강한 혁신과 같은 일엔 관심이 없다. 또한 연구를 제대로 하기 위해서는 연구에 몰입하는 것이 필수적이므로 연구에 방해되는 여타 일을 본능적으로 싫어한다. 만일 행정부서 쪽이 주축이 되어 혁신을 이끌면 편한 행정을 위한 행위로 간주하여 처음부터 반발을 살 게 뻔하다.

연구에 대한 자부심과 우월의식이 강해 동료 연구원이 본인보다 연구 실적이 떨어지는 경우 그 사람 말을 잘 따르려 하지 않는다. 하지만 연구 실적이 뛰어나고 인간관계가 원만한 동료 연구원이 나서면 군말 없이 따르는 경향이 강하다. 따라서 혁신 의지가 강하고 연구 실적이 뛰어나며 평소 동료 연구원의 신망이 두터운 연구원을 물색하여 참여시키는 게 이번 혁신의 가장 중요한 관건인 셈이다. 그는 평소 눈여겨 봐둔 민어행 박사에게 전화를 걸어 천문(연)에서 차로 5분 거리에 있는 식당에서 만날 저녁 약속을 잡았다.

연구단지 내 원룸촌에 위치한 테이블 다섯 개의 자그만 이탈리안 식당은 문질빈 부원장의 단골집이다. 골목길에 입구가 있어 주차하기가 불편하지만 안으로 들어오면 한적한 편도 2차로 도로변에 펼쳐지는 여러 풍경을 감상할 수 있다. 지나다니는 자동차와 여러 모습으로 지나가는 사람들도 보인다. 세월만큼 뚱뚱한 플라타너스 가로수와 식당 바로 바깥쪽의 소박한 화단이 어우러져 계절마다 근사한 풍경을 자아내기도 한다. 그는 도로변 창가에 앉아 바깥을 볼 때마다 자연 자체만으로도 풍광이 아름답지만 사람이든 자동차든 움직이는 것이 같이 어우러져야 도시의 생동감이 더해짐을 실감한다.

소박하면서도 단아한 내부 장식, 고급호텔 수준의 화장실, 하나하나 정성이 깃든 소품, 비교적 저렴한 가격, 와인에 박식한 총각 주인의 꾸미지 않은 자신감과 생김새완 다른 세련된 음악적 취향에 끌려 개점 초기부터 드나들었다. 이 집은 특히 호텔에서 일한 경력이 있는 키 작은 주방장이 두 평 남짓한 주방에서 만들어내는 안심스테이크가 일품이다. 소고기를 미리 숙성시켜 풍미를 더한 스테이크는 잡냄새가 전혀 없고, 입안을 간지럽히듯 부드러우며 주문한대로 항상 일정하게 구워져 나온다. 일류 호텔에서도 맛볼 수 없는 수준의 스테이크를 동네 단골집에서 언제든 먹을 수 있으니 얼마나 행복한가. 홍합을 듬뿍 얹은 파스타도 그의 단골 메뉴인데 홍합의 씨알이 굵을 뿐만 아니라 항상 탱글탱글하여 마치 해변가에서 싱싱한 해산물을 먹는 기분이다. 홍합이 제철일 때 듬뿍 사서 살짝 데친 후 냉동실에 넣어두면 일 년 내내 싱싱함을 유지할 수 있다고 주방장이 그 비법을 살짝 귀띔한다. 그는 누군가와 분위기 있게 조용히 얘기할 게 있으면 이 집을 자주 이용한다.

"민 박사, 여기! 어서 와요."

십 분 정도 먼저 와 창가에 자리를 잡은 문질빈 부원장은 민어행 박사가 식당에 들어서는 것을 보고 일어서며 반갑게 맞이했다.

"민 박사, 내가 갑자기 저녁 먹자고 해서 당황했지?"

"아, 예. 조금은요. 하지만 부원장님께서 맛있는 거 사주신다고 하니 반갑기도 하고, 무슨 말씀을 하실까 궁금하기도 했습니다."

항상 웃는 얼굴로 매사에 긍정적이며 에너지가 넘치는 민어행 박사는 역시 해맑은 답변을 하며 자리에 앉는다. 민어행 박사는 문질빈 부원장보다 열 살 정도 어린 삼십 대 후반의 후배 연구원이다. 출신 학교는 달랐지만 같이 얘기하다 보면 뜻이 잘 통한다는 느낌을 받았고 그래서 격 없이 친하게 지내고 있는 편이다. 민어행 박사는 태양분야 연구에서 우리나라 최고의 실력자이고 국제적으로도 명성을 알리기 시작한 전도유망한 젊은 과학자다. 대인관계도 좋고 최근 몇 년간 우수한 논문을 가장 많이 게재하다보니 연구원들 사이에서 신망이 매우 높은 편이다.

"부원장님, 무슨 일입니까?"

전채로 나온 수프를 다 먹고 숟가락을 놓으며 어린아이와 같은 표정으로 호기심 가득한 질문을 툭 던진다.

"이참에 우리 기관을 바꾸고 싶은데 민 박사 생각은 어떤가해서."

문질빈 부원장은 밑도 끝도 없이 푹 찌르듯 말했다. 민어행 박사는 무슨 말인지 이해가 안 가는 표정으로 다음 말을 기다리듯 그를 빤히 쳐다봤다.

"지난 20년간 천문(연)에 근무하면서 난 우리 기관이 뭔가 바뀌어야 한다고 늘 생각해 왔어. 민 박사도 잘 알다시피 우리 기관이 공무원 조직에서 바뀌다 보니 아직도 곳곳에 구태의연한 유산이 많이 남아 있거든. 마침 정부에서 혁신을 하지 않으면 기관 자체를 없애 버리겠다고 강하게 요구하고 있는 상황이야. 원장님도 기관 혁신에 관심이 많으시고 부원장인 내게 혁신의 전권을 주셨어. 안팎의 상황을 볼 때 이번이 우리 기관을 근본적으로 바꿀 절호의 기회라고 생각하는데 민 박사 생각은 어떤지 듣고 싶어서 이렇게 보자고 한 거야. 민 박사는 천문(연)에 온 지 얼마나 됐지?"

그의 말에 공감하는 듯 민어행 박사는 고개를 끄덕였다.

"예, 한 십 년 됐습니다. 부원장님 말씀처럼 저도 우리 기관이 많이 바뀌어야 한다고 생각합니다. 우리 기관이 연구기관이니만큼 유연하면서도 효율적이고 개방적인 조직이 되어야 하는데 이미 말씀하셨듯이 현재는 그렇지 않잖아요."

민어행 박사는 그동안 품어 왔던 속앓이를 풀어내듯 적극성을 띠며 환한 표정으로 대답했다. 민어행 박사의 긍정적인 반응에 용기를 얻은 그는 오늘 만난 목적을 서슴없이 꺼내 놨다.

"그래서 하는 말인데. 민 박사, 나와 함께 우리 기관을 한번 개혁해 보는 게 어때? 우리 기관의 혁신을 이끌 혁신위원회를 구성 중인데 민 박사가 동참해 주면 큰 힘이 될 거 같아요. 민 박사가 연구에 몰입하느라 정신없는 거 나도 잘 알아. 당장의 연구도 중요하지만 기관 전체의 연구 환경을 더 좋게 만들면 장기적으로 볼 때 결국 민 박사의 연구에도 도움이 될 거라고 봐. 연구에 지장이 없도록 시간을 많이 빼앗지 않을 테니 꼭 참여해 줘요. 부탁이야."

민어행 박사는 부원장의 돌직구 같은 제안에 스테이크를 썰던 손을 멈추고 흠칫 놀라며 대답을 망설였다.

"우리 기관을 개혁하시겠다는 부원장님의 의지에 저도 동감하지만, 혁신위원회 참여에 대해서는 생각할 시간을 주셨으면 합니다."

"알았어요. 잘 생각해 보고 가능한 빠른 시일 내에 답을 줘요."

사흘 후 민어행 박사로부터 혁신위원회에 동참하겠다는 연락이 왔다. 문질빈 부원장은 천군만마를 얻은 듯 기뻤다. 연구부서에서 적어도 두 명이 혁신위원회에 참여해야 위원회 내에 힘의 균형이 생길 거라는 생각이 들었다. 대인관계가 원만하고 매사에 공평무사하며 평소 바른말을 잘하는 학교 후배인 유어의 박사가 혁신위원회에 흔쾌히 동참하기로 했다.

　이렇게 하여 연구부서의 자원자 두 명과 행정부서의 혁신팀 두 명, 정책실 두 명, 혁신위원장을 맡은 문질빈 부원장을 포함하여 총 일곱 명으로 구성된 혁신위원회가 꾸려졌다. 이번 혁신위원회가 비록 소수이지만 자발적으로 나선 정예 구성원으로 이루어졌다는 점에서 지난번과 확연히 달랐다. 이렇게 진용을 꾸려 혁신의 동력을 갖추고 보니 문질빈 부원장도 왠지 든든하고 자신감과 의욕이 솟구치는 것을 느꼈다.

혁신위원회 운영 원칙과
방향을 정하다

며칠 후 첫 혁신위원회가 소집되었다. 혁신위원회로 모이고 보니 우연찮게 오십 대 초반인 혁신팀장과 정책실장, 사십 대 후반인 혁신위원장, 사십 대 초반인 유어의 박사, 삼십 대 후반이 민어행 박사, 그리고 이십 대 후반인 여성 행정원 두 명 등 연배가 고르게 구성되었다. 혁신위원장은 타원형으로 앉아 있는 혁신위원들을 한번 둘러보았다. 이번 혁신위원회가 천문(연)의 전체 연배를 다 아우를 수 있게 구성되어 다행이라고 생각했다.

"지금부터 제1회 혁신위원회를 시작하겠습니다."

"먼저 혁신위원회에 참석해 주신 여러분께 원장님을 대신하여 감사의 말씀을 드립니다. 오늘 여기에 모인 분들은 우리 기관을 근본적으로 바꾸고자 하는 혁신에 관심이 있어 자발적으로 참여한 분들입니다. 혁신팀을 제외한 대부분이 본인에게 부여된 업무를 수행하면서 별도로 혁신위원회 활동도 해야 하기에 다소 부담이 될 수도 있을 겁니다. 혁신위원회 활동을 하면서 부딪히게 되는 여러 어려움을 서로 격려해 가며 슬기롭게 이겨 나가길 기대합니다. 오늘은 혁신위원회 운영과 관련하여 앞으로 지켜야 할 원칙 등에 대해 논의하고자 하니 지금부터 여러분의 기탄없는 의견 개진을 바랍니다.”

“정부 쪽에서 이미 우리 기관의 혁신에 관한 현황자료와 혁신계획 및 그동안의 성과에 대한 자료를 내라고 공문이 왔습니다. 앞으로 혁신과 관련된 각종 자료 제출과 보고서 작성, 회의 참석 등 업무가 많아질 텐데 어떻게 대처해야 할 지 걱정입니다.”

행정부서에서 잔뼈가 굵은 노련한 가위인 혁신팀장은 정부에서 무슨 일을 시작하면 관련 행정업무가 감당할 수 없을 정도로 폭주한다는 것을 잘 알기에 우려스런 표정으로 말을 꺼냈다.

“부담되겠지만 혁신 관련 행정업무는 혁신팀에서 전담하고, 혁신위원회는 우리 기관의 혁신 자체에만 집중해야 한다고 생각합니다.”

“정부에서는 생색내기에 급급하여 각 기관의 상황은 고려하지 않고 숫자 놀음만 하며 자기네 일정에 맞춰 그럴듯한 실적을 내놓으라고 산하기관을 다그칠 것이 뻔합니다. 우리가 한두 번 당해 봤습니까? 우린 이번 기회에 우리 기관을 근본적으로 바꾸겠다는 각오로 모였습니다. 정부의 혁신 일정을 따라가다간 죽도 밥도 안 되고 이번 정권이 끝나면 또 우리에겐 아무것도 남지 않을 겁니다. 우린 우리식대로 우리 일정을 갖고 우리 기관의 현실을 고려하여 혁신에 집중해야 합니다. 만일 형식적으로 무늬만 혁신을 한다면 저는 지금이라도 당장 혁신위원회를 관두겠습니다.”

부드러운 성격이지만 정의감이 남달라 평소 바른말을 잘하는 유어의 박사의 말에 결기가 배어 있었다.

"엊그제 기관평가 관련 책임자 회의에 갔다 왔는데 올해부터 혁신평가 결과를 기관평가에 상당 부분 반영하겠다고 합니다."

이망우 정책실장이 무덤덤한 말투로 보고하듯 얘기했다.

매년 시행하는 기관평가는 그 결과에 따라 각 기관의 예산과 인력, 기관장의 연임 등에 영향을 미치기에 각 기관은 많은 정성을 쏟는다. 각 기관에서는 평가를 잘 받기 위해 실질적인 내용보다 평가지표에 맞게 그럴듯하게 포장하는데 치중하는 경향이 있다.

"만일 그렇다면 정말 걱정이네요. 각 기관의 상황을 무시한 일률적인 잣대를 들이대는 평가지표를 따르다 보면 우리 기관에 걸맞은 혁신을 한다는 것이 불가능할 게 뻔하지 않습니까? 그렇잖아도 연구에 쏟을 시간 쪼개어 혁신위원회에 참여했는데 기관평가에 연연하여 진정한 혁신을 이루지 못한다면 저 역시 혁신위원회를 그만두겠습니다."

민어행 박사가 명석한 두뇌로 이미 분석을 마친 듯 걱정스런 표정으로 말을 꺼냈다.

"위원장님, 혁신위원회를 얼마 간격으로 개최하실 건가요?"

혁신팀의 젊은 행정원인 유아사 씨가 질문했다.

"얼마에 한 번씩 회의를 하는 게 좋겠습니까? 의견을 주시죠."

"한 달에 두 번이 어떤가요. 각자 맡은 본연의 업무도 해야 하고…."

말꼬리를 흐리며 정책실의 행정원이 조심스럽게 눈치를 봤다.

"한 달에 두 번 모여서 어찌 혁신을 이끌어 가겠습니까? 기왕 혁신하기로 한 김에 적어도 매주 한 번은 모여야 하지 않겠습니까? 회의 시간도 업무가 끝날 무렵인 오후 4시에 시작해서 논의할 게 많으면 저녁 먹고 무제한으로 했으면 좋겠습니다."

유어의 박사가 방금 얘기한 정책실 행정원을 나무라듯 받아쳤다.

"유 박사님 제안에 대해 여러분의 의견은 어떠신지요. 유 박사님 의견에 동의하시나요?"

혁신위원장의 질문에 정책실 행정원이 무슨 말을 하려다 분위기가 아닌 거 같아 다소곳이 입을 닫았다.

혁신위원장은 지금까지 논의된 내용을 간추려 혁신위원회가 지켜야 할 원칙 세 가지를 제시했다. 첫째, 정부에서 매년 기관별로 시행하는 혁신평가에 연연하지 않는다. 둘째, 정부에서 어떤 내용과 일정으로 혁신을 추진하든 우리는 우리 기관 형편에 맞는 내용과 일정대로 추진한다. 셋째, 혁신위원회는 매주 월요일 오후 4시에 개최하고 회의록을 작성하여 기록으로 남긴다.

특히 첫 번째 원칙은 매우 중요하다. 혁신평가에 신경을 쓰다 보면, 평가를 잘 받기 위해 실익 없이 포장하는데 급급할 가능성이 높기 때문이다. 이번 기회에 진정성을 가지고 기관의 근본적인 개혁을 하다 보면 평가는 부수적으로 따르는 결과일 뿐이다. 두 번째 원칙도 의미가 크다. 그동안 정부에서 추진하는 일들을 가만히 보면 겉모습에 치중하고 무리한 일정으로 추진하여 일을 그르치거나 일회성으로 끝나는 경우가 종종 있었기 때문이다. 혁신위원들 모두 혁신위원장의 제시한 원칙에 동의하였고 진정성을 가지고 한번 바꿔보자는 결의로 똘똘 뭉쳤다.

'혁신'에 대한 이해와 경험이 현재 턱없이 부족하므로 자체 학습을 통해 혁신위원 전체의 혁신에 대한 이해도가 거의 같은 수준에 이르러야 한다는 결론에 도달했다. 가위인 혁신팀장은 '혁신으로 가는 항해'라는 소설 형식으로 쉽게 풀어쓴 혁신 체험 책 한 권을 소개했다. 이 책의 학습을 통해 혁신을 간접적으로 체험하면 우리가 어떻게 혁신할 것인가에 대한 감이 잡힐 거라고 덧붙였다. 또한 혁신을 함께 이끌어 갈 외부 전문가 파트너가 필요하다는 의견도 나왔다. 혁신위원장이 가위인 혁신팀장과 함께 몇몇 컨설팅 회사를 접촉해 보기로 했다. 또한 혁신을 위해 기관 차원에서 꼭 추진해야 할 가장 시급하고 중요한 사항을 각자 다섯 개 이상 도출하여 발표하기로 하였다. 혁신위원장은 회의를 마치면서 혁신위원 모두가 다음 회의 때까지 예외 없이 각자 맡은 숙제를 충실히 해올 것을 당부했다. 또한 혁신위원회는 자발성을 최우선으로 하겠으니 혹시라도 혁신위원회 참여를 그만두고 싶은 사람은 언제든 본인에게 말해 달라고 덧붙였다.

큰 틀에서
혁신위원회가 할 일을 정하다

전원이 참석한 가운데 예정대로 혁신위원회 두 번째 회의가 열렸다.

"지난번에 읽어 보라는 책을 다 읽으셨나요? 읽어 보니 어땠나요?"

혁신위원장은 책을 꺼내 보이며 정말 궁금한 듯 좌중을 살피며 물었다.

"소설 형식이라 그런지 이해하기 쉬웠고 재미있게 잘 읽었습니다. 대충이나마 혁신이 뭐고 어떤 과정을 거쳐 결국 무엇을 이뤄내는지 이해하는 데 도움이 많이 되었습니다. 그 책대로라면 혁신이라는 것이 그렇게 어려운 일이 아니고 해볼 만 하다는 생각이 들었습니다."

학구파답게 민어행 박사가 밝은 표정으로 자신에 찬 시원한 대답을 했다.

"저도 읽어 봤고 혁신의 개념을 이해하는 데 도움이 됐습니다. 하지만 혁신을 추진하면서 맞닥뜨리게 되는 여러 가지 저항과 갈등들을 얼마나 잘 헤쳐 나갈 수 있을까 걱정됩니다. 혁신이라는 것이 결코 쉬워 보이지는 않아 보입니다."

　매사에 신중한 편인 이망우 정책실장이 고민되는 듯 진지한 표정으로 말했다. 이어서 다른 사람들도 책 읽은 소감을 돌아가며 얘기했다. 혁신위원장은 혁신위원 대부분이 책을 읽어 다행이라고 생각하며 위원들의 소감을 조용히 경청했다. 혁신위원 대부분이 이 책을 통해 혁신이 무엇이고 어떻게 추진하며 어떤 어려움이 있고 무엇을 얻을 수 있는지 파악한 듯했다. 혁신팀장이 그 책을 미리 읽어 추천하길 잘했다고 생각했다.

　"제가 이런 얘기를 읽은 적이 있습니다. 어느 무역상사에서 아프리카에 신발을 팔기 위해 시장조사 차원에서 두 명의 직원을 파견했답니다. 두 직원 중 한 명이 돌아와서 사장에게 보고하기를 '아프리카에 가보니 다들 신발을 신지 않고 다니므로 신발을 파는 것이 거의 불가능하다.'고 했답니다. 한편 다른 직원이 보고하길 '아프리카에 가보니 다들 신발을 신지 않고 다니므로 그 사람들에게 우리의 신발을 신긴다면 대박이 날 거다.'라고 했답니다. 두 사람이 같은 것을 보고 왔지만 정반대의 보고를 한 셈이지요. 모든 사안이 그렇습니다. 긍정적으로 보느냐, 부정적으로 보느냐의 차이일 뿐입니다. 혁신도 마찬가지입니다. 해볼 만할 수도 있고 마냥 어렵게 느껴질 수도 있습니다. 우린 일단 긍정적인 면을 보고 시작합시다. 혁신을 추진하다 겪게 되는 어려움은 우리 모두가 힘을 합쳐 충분히 이겨낼 수 있다고 봅니다."

　평소 긍정적인 혁신위원장의 신념에 찬 이 말에 위원들도 긍정의 에너지로 충전된 듯한 표정을 지었다. 앞으로 혁신의 동력을 잃지 않기 위해서라도 혁신위원들의 학습이 계속되어야 함을 다들 공감했다.

"지난번 또 하나의 숙제를 내줬는데 다 하셨나요?"

이 말 한마디에 분위기가 어두워지는 부분과 밝은 부분으로 갈렸다. 학창 시절 선생님이 숙제 검사할 때 교실의 모습이 떠올랐다.

"추천해 주신 책도 읽어야 하고, 지난주 상부로부터 갑자기 일이 떨어져 내주신 숙제를 다 못했습니다. 막상 주말에 하려 하니 생각이 잘 떠오르지 않더라고요."

사회생활 경험이 매우 짧은 혁신팀의 유아사 행정원이 죄지은 듯한 표정으로 우물거렸다. 평소 문제의식을 가지고 있는 사람에겐 이번 숙제가 할 만했지만, 그렇지 않은 사람에겐 어려웠을 것이다.

"오늘까지 숙제를 못 하신 분들은 어쩔 수 없고, 다 해 오신 분들만이라도 본인이 도출한 사항들을 발표해 주시길 바랍니다."

다섯 명의 위원들이 기관 차원에서 추진해야 할 가장 시급하고 중요한 사항에 대해 각자의 의견을 정리해 발표했고, 이어서 열띤 종합 토론이 열렸다. 모두가 관심을 가지고 자신의 의견을 적극적으로 개진하고 토론하는 모습에서 긍정적인 신호가 보였다. 같은 책을 읽은 효과 때문인지 각자 제시한 의견에 공통점이 많아 결국 다음과 같이 다섯 가지로 의견이 수렴되었다.

① 변화에 둔감한 직원들의 잠자는 영혼을 확 깨울 수 있는 교육 등의 충격 프로그램이 필요하다.
② 직원들의 관심을 이끌어내고 감추어 둔 의사를 표출할 수 있는 작지만 다양한 소통 프로그램을 시행하자.
③ 기관 차원의 중장기 계획을 세워 기관의 방향성과 목표를 확실히 해야 한다.

④ 기존의 무감각하고 수동적이고 패배주의적 문화를 바꿀 프로그램이 필요하다.

⑤ 변화를 통해 작으나마 성취감을 맛보게 하여 혁신의 필요성과 자신감을 경험하게 하자.

잠자는
영혼 깨우기

혁신위원회는 전체 직원을 상대로 혁신과 관련된 교육을 시키는 것이 가장 우선되어야 한다고 결론을 내렸다. 현재 혁신의 큰 지진해일이 몰려오고 있다는 사실을 믿을만한 외부인사의 입을 통해 직접 전달하는 것이 더 충격적이고 효과적이라고 판단했다. 그래서 천문(연)의 상위기관인 국가과학기술연구회의 사무국장을 초청하여 1박 2일 동안 간부진과 혁신위원회의 합동 워크숍을 했다. 간부들이 먼저 혁신의 필요성과 작금의 진행되고 있는 상황과 위기감을 인식하길 기대했다. 천문(연)의 역사와 사정을 잘 아는 사무국장은 설득력 있는 자료를 성의 있게 준비하여 혁신하지 않으면 존폐의 위기에 놓일 수 있다는 위기감을 효과적으로 심어 주었다.

이어서 같은 내용을 가지고 강당에서 전 직원 교육을 시행했다. 천문(연)에서 오랜만에 열린 전 직원 대상 교육이라 다들 '갑자기 이게 뭐지?' 하며 긴가민가한 모습으로 참여했다. 예전과는 달리 가능한 전체 직원이 교육에 참여하도록 독려했다. 전체 직원의 공감대가 형성되지 않으면 혁신에 실패할 거라고 판단했기 때문이다. 교육의 효과는 예상보다 좋았다. 바뀌지 않으면 안 될 상황이 왔다는 위기감을 어렴풋이나마 인식하는 분위기다. 하지만 어느 조직이나 있기 마련인 몇몇 골수분자들은 설마 하며, 괜히 겁준다고 이죽거리기도 했다.

너무 혁신을 강조하는 직접적인 교육만 하게 되면 혁신에 대한 거부감이 생길 수 있다. 그래서 자발적인 변화를 이끌어 낼 수 있는 간접적인 교육도 병행하기로 했다. 가랑비에 옷 젖는 줄 모른다는 속담처럼 비교적 부드럽고 흥미로운 교육을 병행해서 직원들이 자신도 모르게 변화되길 기대했다.

혁신 교육장에서 알게 된 국방과학연구소의 임 박사를 통해 '유답'이라는 교육을 소개받았다. '유답(You答)'이란 인생의 모든 답이 당신에게 있으니 남을 배려하면서 긍정적으로 살면 매사에 좋은 결과를 얻게 된다는 말이다. 혁신위원회는 유답의 교육팀을 만나 이번 교육이 천문(연)의 역사상 처음 있는 매우 중요한 전 직원 합숙 교육이라고 강조했다. 유답 교육팀도 혁신위원회의 진지한 태도에 긴장하는 모습이 역력했다. 이번 교육의 목적이 천문(연) 변화의 시작을 위해 잠자는 영혼을 부드럽게 깨우는 것이니 혁신이란 단어를 쓰지 말아 달라고 당부했다.

9월 초답게 하늘은 높았고 한층 누그러진 아침 햇살이 상큼 발랄하게 가을을 향해 손짓하고 있었다. 조선시대 천문관측시설인 간의를 뒤로한 채 아침 일찍부터 천문(연) 앞마당에 전세버스 3대가 도열해 있다. 그 모습이 마치 천문(연) 혁신의 출발을 알리는 대포처럼 늠

름하기까지 했다. 9시 10분 전이 되자 이미 출근한 직원들이 배낭을 메고 버스를 향해 건물 밖으로 나오며 여러 표정으로 끼리끼리 담소를 나눈다.

"야, 오늘 날 좋다! 그렇지?"

"그러게, 오늘 같은 날 교육 말고 소풍 가면 더 좋을 텐데. 아쉽군."

"무슨 교육이기에 1박 2일씩이나 하지? 우리 기관에서 전체 직원이 참여하는 이런 합숙 교육이 처음이지?"

"나도 잘 몰라. 그냥 따라가는 겨. 지난번 강당에서 한 혁신 교육의 연장이 아닐까 싶어. 요즘 혁신이 대세라며?"

"할 일 많은데 이런저런 교육 자꾸 받으라 하니 안 받을 수도 없고, 쩝. 오늘 저녁에 같은 방 사람들이랑 술이나 퍼야겠다."

유답 교육은 칠갑산 근처 호텔에서 매우 알차면서도 지루하지 않게 1박 2일간 진행되었다. 여러 면에서 기존 교육과는 전혀 다른 프로다운 면모를 교육시간 내내 보여줬다. 첫날, 천문(연) 내 갈등을 주제로 한 상황극을 만들어 유답 교육팀이 직접 공연했다. 전문 배우 뺨칠 정도의 완벽한 연기력을 발휘하여 우리 직원들의 깊은 감동을 자아냈다. 주인공이 조직 내 갈등으로 괴로워하며 울부짖을 때 마치 주인공인 양 참석자 모두 눈시울이 뜨거워졌다. 짧은 시간에 어떻게 그 많은 대사를 다 외웠으며, 연극배우 뺨치는 연기를 위해 얼마나 많은 노력을 했는지 놀람 그 자체였다. 교육팀의 열성과 진정성이 녹아든 그 연극 하나만으로도 참석자들의 마음을 사로잡을 만했다.

하루에 세 가지씩 총 6개의 프로그램을 진행했는데 유답의 대표이사가 직접 프로그램을 이끌어 주어 더욱 고마웠다. 조직의 일원으로서 내 역할은 무엇이고 동료를 어떻게 대할 것인가 등을 주제로 했다. 교육은 재미있는 놀이처럼 진행되어 거부감이 없었다. 교육 후 만족도가 무려 97%가 나왔으니 더 말할 필요가 없다.

혁신위원회 위원들도 이 교육을 통해 깨닫고 배운 바가 많았다. 교육을 받은 지 거의 십 년이 지났지만 아직도 잔잔한 감동이 남아 있는 몇 개의 장면들이 있을 정도로 매우 인상적이었다. 두 사람이 짝이 되어 역할을 바꿔 가며, 눈을 뜬 사람이 눈을 가린 파트너를 안내하여 계단 등 십여 가지 장애물을 통과시키는 프로그램이 있었다. 눈 뜬 사람은 눈 가린 파트너가 장애물에 다치지 않도록 보살펴야 하고, 눈을 가린 사람은 파트너를 신뢰하고 따라야만 하는 상황이다. 이 프로그램을 통해 동료 간의 신뢰와 배려가 얼마나 중요한지 깨달았다. 또한 보직자와 비보직자 간의 역할에 대해서도 간접 체험하는 계기가 되었다.

십 년이 지난 지금도 생생한 장면은 교육의 마지막 프로그램이다. 안팎으로 두 개의 원을 만들어 서로 반대 방향으로 돌며 상대방을 삼십 초가량 서로 응시한 후에 손가락 한 개를 표시하면 외면, 두 개를 표시하면 목례, 세 개를 표시하면 악수, 네 개를 표시하면 포옹하는 프로그램이다. 사람을 삼십 초가량 응시하는 것이 결코 쉽지 않다는 것을 곧바로 깨닫게 된다. 처음에는 시선을 마주한다는 것 자체가 불편하나 한 십오 초 정도 지나면 그동안 보지 못한 상대방의 이모저모가 보이기 시작한다. 이때부터 한 사람, 한 사람이 정말 소중한 존재로 느껴진다. 이 프로그램을 시작할 때 장난삼아 손가락 한 개를 표시하려 마음먹었다. 그러나 30초간 상대방의 눈을 응시하면 자연스레 손가락 네 개를 표시하고 포옹하게 마련이다. 그동안 내 주변의 사람들을 얼마나 겉핥기로 봐왔는지 깨닫고 반성하는 계기가 된다. 포옹을 하면서 상대방의 따스함 속에 담긴 신뢰와 소중함이 전달되어 대부분의 참가자가 눈물을 흘렸다.

1박 2일간 꽉 찬 교육을 마치고 천문(연)으로 향하는 버스를 타면서 직원들이 환한 표정으로 서로 얘기한다.

"김 박사, 이번 교육 어땠어?"

"응, 교육받는다는 느낌 없이 재미있고 유익했어. 마치 놀이터에 왔다 놀고 가는 기분이야. 이 박사는?"

"나도 그래. 지루할 게 뻔한 혁신 교육을 어떻게 받을지 내심 걱정했는데 오히려 이틀이 짧은 느낌이었어. 이번 교육은 혁신 교육이 아니었나 봐. 혁신이란 말이 거의 없었잖아. 암튼 많은 것을 느끼고 가는 거 같아 기분이 좋군. 김 박사는 어떤 프로그램이 제일 좋았어?"

"난 항아리를 안고 한참 동안 서 있는 자세를 취하는 거 있잖아. 우리 직원 전원이 중간에 포기하지 않고 모두 완수할 줄은 전혀 예상하지 못했어. 그리고 그거 한 후로 몸 안에서 따뜻한 열이 지금도 계속해서 발산되고 있는 거 같아. 이 박사는?"

"난 유답 교육팀 누구나 팔굽혀펴기 오십 개를 거뜬히 해내는 걸 보고 깜짝 놀랐어. 특히 여자들도 오십 개를 하다니 남자인 나도 못하는데…. 암튼 대단해. 여기 교육팀은 운동선수 출신만 뽑았나 봐. 나도 집에 가서 열심히 연습하려고. 갈등 상황극도 매우 감동적이었어. 내용도 내용이지만 연기 실력들이 전문 배우 저리 가라던데. 안그래?"

"나도 이 박사와 이하 동문. 하하. 자 빨리 타자고. 이러다 버스 놓치겠다."

혁신위원장은 직원들의 대화를 본의 아니게 엿들었다. 이번 유답 교육이 놀이하듯 진행되어선지 교육이 지루하고 딱딱한 것만이 아니라는 인식이 심어진 거 같아 다행이었다. 앞으로도 이런 교육이 주기적으로 필요하다고 직원들이 생각하는 거 같아 내심 기뻤다. 이번 경험을 통해 교육만이 우리 조직을 바꿀 수 있다고 확신했다. 유답 교육이 천문(연)에서 교육을 대폭 강화하는 신호탄이 되었다.

혁신 파트너를
만나다

범정부 차원에서 공공기관 전체로 혁신을 펼치다 보니 혁신과 관련된 컨설팅 회사의 인기가 하늘 치솟듯 올라가고 있었다. 이 사실을 아는 혁신위원회는 고민이 깊었다. 천문(연) 같이 통틀어서 백오십 명 정도밖에 안 되는 작은 기관은 규모와 예산 면에서 좋은 컨설팅 회사를 파트너로 잡기 힘들 게 뻔했다. 가까운 출연(연)만 비교해 봐도 천문(연)은 27개 기관 중에서 규모가 하위 3번째 안에 들었다. 이름난 컨설팅 회사를 파트너로 잡기 위해서는 억대 이상의 재원이 들어간다고 하니 걱정이 아닐 수 없다. 그렇다고 신세타령만 하고 있을 수 없는 노릇이었다. 그래도 부딪쳐나 보자는 오기가 생겼다.

그 당시 우리나라에서 가장 잘 나아가는 컨설팅 회사를 추려보니 대충 3개로 압축되었다. 세 회사의 대표에게 전화를 걸어 약속을 잡았다. 다들 서울에 있으므로 한 날에 모두 만날 심산으로 시간표를 짰다. 혁신위원회를 대표하여 가위인 혁신팀장과 함께 만나 보니 다들 정부중앙부처 단위의 컨설팅을 하느라 정신이 없는 거 같았다. 혁신위원장은 본인이 20년간 몸담고 있는 기관을 진정성을 가지고 바꾸고자 하니 도와달라고 간청했다. 하지만 천문(연)의 규모와 재정상 많은 예산을 투입할 수 없다고 솔직하게 말했다. 세 회사의 대표들은 얘기를 진지하게 들어줬으나 그 자리에서 확답을 하지 않고 검토 후 연락을 주겠다고 했다.

혁신위원장과 혁신팀장은 진인사대천명의 기분으로 내려와 전화기만 바라보고 있었다. 이익을 추구하는 회사의 특성상 규모가 큰 사업을 선호할 테니 우리에겐 관심이 없을 거라 짐작하고 큰 기대를 하지 않았다. 하지만 결과는 180도 달랐다. 세 회사 모두에게서 파트너로서 같이하고 싶다는 전화가 온 것이다. 아마도 혁신위원회의 진솔한 마음과 공공기관 중에서 정부기관이 아닌 연구기관이라는 특성이 관심을 끌었나 보다. 이젠 어떤 회사와 파트너 관계를 맺을까 행복한 고민을 해야 할 판이었다. 이런저런 고민 끝에 '키투에스'의 기신정 대표가 적합한 파트너로 여겨졌다. 그를 만났을 때 나눴던 대화가 떠올랐기 때문이다.

혁신위원회에서 학습 삼아 읽은 『혁신으로 가는 항해』라는 책의 공저자이기도 한 기신정 대표는 사십 대 초반으로 보였다. 귀공자 같은 단정한 옷매무새와 미소 띤 판다 같은 인상은 상대방이 누구든 편안하게 해주기에 충분했다. 서울 강남의 세련됨에 어울리는 음식점에서 만나 서로 자신을 소개한 후, 기신정 대표는 부드럽지만 진지한 표정으로 대뜸 다음과 같은 첫 질문을 던졌다.

"왜 컨설팅을 받고 싶으십니까?"

이전에 만난 두 회사의 대표와는 사뭇 다른 첫 질문에 혁신위원장은 약간 당황했다. 하지만 이미 두 회사 대표에게 말한 그대로 본인의 생각을 담담하면서도 성의 있게 피력했다.

"제가 첫 직장인 천문(연)에 근무한 지 거의 이십 년이 다 되어 갑니다. 제가 천문(연)에 들어올 때가 기관의 성격이 국가기관, 즉 공무원 조직에서 출연(연)으로 막 바뀐 시점이었습니다. 천문(연)이 과거 공무원 조직이어서 그런지 변화에 둔감하고, 구태의연한 모습이 이십 년이 지난 지금도 이곳저곳에 남아 있습니다. 저는 평소 그런 모습이 싫었고 언젠가는 과감하게 바꿔야 한다는 생각을 해왔습니다. 마침 새 정부 들어 나라 전체를 혁신하겠다고 하고 제가 천문(연)의 안살림을 책임지는 부원장의 직책으로 있는 이때가 천문(연)을 바꿀 수 있는 절호의 기회라고 판단합니다. 하지만 천문(연)은 혁신에 대한 이해와 경험이 거의 없습니다. 그래서 믿을 만한 전문회사를 파트너로 삼아 도움을 얻고자 이렇게 찾아뵙게 된 것입니다."

"아, 그렇군요."

그윽한 눈 맞춤과 사뭇 진지한 표정으로 듣고 있던 기신정 대표는 안색이 점점 밝아지면서 이 짧은 한마디로 충분히 공감을 표시했다.

이렇게 맺어진 인연으로 인해 십 년 가까이 지난 지금까지도 혁신위원회 위원들과 기신정 대표는 인간적인 만남을 이어가고 있다. 기신정 대표에게 나중에 들어 보니 천문(연)의 진정성과 출연(연)이라는 조직의 특수성이 구미를 당겼다고 한다. 대부분의 고객들이 현 정부의 혁신평가에서 좋은 점수를 받기 위해 컨설팅 회사를 찾는데, 천문(연)은 진정성을 가지고 변하고 싶다 하니 그게 끌렸다는 것이다.

또 천문(연)의 컨설팅을 통해 대한민국 내에서 출연(연)의 혁신 롤모델를 만들어 내고 싶다고 했다. 또한 컨설팅도 기신정 대표가 직접 이끌어 주겠다고 하니 하늘로 날아갈 듯 기뻤다. 하느님께서 내게 이런 훌륭한 파트너를 보내 주시다니 역시 '하느님은 내 편이다.'라는 기도가 절로 나왔다. 맘이 통하는 든든한 전문 파트너를 얻으니 더욱 자신감이 생기고 이번이 정말 천우신조의 기회라고 더 확신하게 되었다. 세 회사의 대표를 같이 만났던 가위인 혁신팀장도 마치 자기 일처럼 기뻐했다.

키투에스의 도움을 얻어 이참에 중장기 계획을 수립하는 프로젝트를 추진하기로 했다. 기신정 대표는 업계에서 통상 요구하는 비용을 무시하고 천문(연)의 가능한 예산 범위 내에서 비용을 받겠다고 했다. 키투에스도 이번 일을 이익 추구가 아닌 천문(연)의 변화와 발전에 초점을 맞춰 진행한다는 것을 확실히 한 셈이다. 돌이켜 보면 두 진정성이 만나 진한 감동의 어울림을 만들어 낸 순간이었다.

회의문화가
조직문화를 바꾼다

혁신위원장은 며칠 전에 읽은 『삼성처럼 회의하라』라는 책 한 권을 혁신위원회에 소개했다. 삼성의 회의문화를 소개한 책이다. 위원들에게 책을 한 권씩 나눠주고 일주일 후에 토론하기로 했다. 내용의 핵심은 어떤 조직의 회의문화를 보면 그 조직의 수준과 상태가 한눈에 보인다는 것이다. 삼성과 같은 일류 기업에서 회의할 때 쓰는 원칙과 방법 등을 소개하는 책인데 배우고 따를 것이 의외로 많았다. 우연한 기회에 이 책을 접한 그는 혁신의 작은 실천으로 천문(연)의 회의문화를 바꿔야겠다고 생각했다. 지난 삼 년여 간 연구부서 부장직을 맡으면서 각종 회의가 늘어지고 방향성 없게 진행되는 데에 진저리가 났던 터였다.

학습과 토론 이후 혁신위원회 회의를 그 책에서 소개한 대로 진행했다. 혁신위원들도 새로운 회의 방식에 매우 호의적인 반응을 보였다. 정해진 시간 내에 회의를 무조건 끝내고 표준 회의록에 정리하여 회의 참석자들에게 알려줬다. 회의 첫머리에 지난 회의록에 기록된 대로 시행되었는지 점검해서 회의 결과의 실행력을 높였다. 이로써 회의 참석자들이 괜한 시간을 낭비하지 않았다는 생각을 들게 했다. 이 모든 것들이 과거에는 천문(연)의 문화에 없던 일이기에 다들 신선하게 받아들였다.

혁신위원회는 이참에 천문(연)의 회의문화를 바꿔 조직문화에 신선한 충격을 주어야겠다고 생각했다. 간부들이 혁신으로 생기는 좋은 점을 조금이나마 맛보게 하여 혁신에 긍정적인 관심을 갖게 하자는 심산이었다. 특히 주요한 결정을 내리는 간부회의를 부원장이 주로 주재하므로 이번에 새로운 회의문화를 정착시킬 절호의 기회로 여겨졌다.

"시간이 되었으므로 지금부터 확대간부회의를 시작하겠습니다."

문질빈 부원장은 평소처럼 간부회의 시작을 알렸다.

"저, 전파연구부장과 기획부장이 아직 오지 않았는데요."

확대간부회의 간사인 기획팀장이 기어들어 가는 목소리로 회의 참석자가 아직 덜 왔다는 신호를 보냈다. 가끔 있는 일이었다. 예전 같으면 이삼 분 잠자코 기다렸다가 모두 참석한 것이 확인되면 회의를 시작했다.

"오늘부터는 회의 개최 시간이 되면 정확한 시각에 회의를 시작하겠습니다."

그는 단호한 표정으로 회의 시작을 알렸다.

"오늘 회의의 목적과 안건, 참석자 그리고 회의시간이 이미 공지된 거로 알고 있습니다. 기획팀장, 맞습니까? 안건에 대해서도 미리 검토하고 이 회의에 참석하셨으리라 믿습니다."

"공지된 대로 오늘은 세 가지 안건에 대해 결정을 해야 하고, 두 가지 안건에 대해 토의를 할 겁니다. 오늘 회의시간은 한 시간이 배정되었고, 회의비용은 총 구십만 원입니다."

"참석자들께서는 회의 안건에 집중해 주시고, 안건별로 밀도 있게 핵심 의견을 제시해 주셔서 배정된 시간 내에 회의를 마칠 수 있도록 협조해 주시길 부탁드립니다."

그동안 회의의 개요와 주요 안건에 대해 사전에 공지된 적이 없었기에 참석자 대부분이 의외라는 표정을 지었다.

"오늘 올라온 안건들이 비교적 무거운 주제인데 한 시간 안에 이 모든 안건을 다 처리할 수 있을까요? 부원장님, 제가 보기엔 두 시간도 모자랄 거 같은데요."

지각하여 회의 도중에 슬그머니 들어와 앉은 기획부장이 난감해하며 말문을 열었다. 평소 회의에 지각을 잘하는 그는 본인이 착석하기 전에 회의가 시작된 것을 보고 당혹스러워하며 자리에 앉았다. 예전 회의 방식에 길들여져 있던 그는 회의를 한 시간에 끝내는 것은 말이 안 된다는 표정이었다.

"참, 여기에 회의비용이라고 적혀 있는데 오늘부터 참석자에게 회의 수당을 준다는 건가요?"

4차원이라는 별명을 가진 전산팀장이 한마디 툭 던져 참석자의 실소를 자아냈다.

"회의비용은 여기 참석하신 간부님들의 시간당 평균 인건비에 회의시간을 곱하여 산출한 것입니다. 우리가 이만큼의 예산을 써가며 회의를 하는 것과 마찬가지니 집중해서 효율적으로 회의를 마치자는 의미를 나타낸 것입니다."

　문질빈 부원장 역시 집중하여 군더더기 없이 속도감 있게 회의를 진행하였고 참석자들도 평소보다 긴장된 자세로 회의에 임했다. 결국 회의는 사십오 분 만에 끝났다. 평상시 한 시간 삼십 분이 걸리던 회의를 효율적으로 진행하여 사십오 분 만에 깔끔하게 끝낸 것이다. 회의 참석자들이 '벌써 끝났나?' 하며 당황해하는 모습이 역력했다. 회의 참석자가 다 모일 때까지 기다렸다 시작하고, 두 배 이상의 시간을 들여도 결론을 내지 못한 경우가 허다했기 때문이다.

　이런 회의도 가능하구나 하며 신선한 충격으로 받아들이는 몇몇 간부들의 만족스러운 표정을 보고 회심의 미소를 머금었다. 문질빈 부원장은 이때를 놓치지 않고 혁신 차원에서 도입한 새로운 회의문화를 소개하고 앞으로 이런 식으로 회의를 진행하겠다고 말했다. 이때 도입한 회의문화가 천문(연)의 공식적인 회의문화로 자리 잡아 이어져 오고 있다.

구성원의 가슴을
뛰게 하라

혁신을 확산시키기 위해서는 구성원들의 주목을 끌고 가슴을 뛰게 하는 슬로건이 필요했다. 혁신위원회 위원들 각자 한 가지씩 슬로건을 준비해 와서 논의하기로 했다.

"지난번에 숙제로 내드린 혁신 슬로건을 생각해 보셨나요? 준비된 위원부터 아이디어 보따리를 풀어 보시죠. 들어 보고 논의를 거쳐 가장 좋은 슬로건 한 개를 선택하도록 하겠습니다."

혁신위원장은 환한 미소를 지으며 기대에 찬 목소리로 말문을 열었다.

"지난주 내내 혁신 슬로건에 대해 생각해 봤는데 뾰족한 아이디어가 떠오르지 않아 잠도 제대로 못 잤습니다. 제 눈이 퀭한 거 보이시죠? 고육지책으로 생각해 낸 것인데 '혁신! 선택이 아닌 필수입니다.' 어떻습니까? 저도 마음에 썩 들지는 않습니다만…"

아이디어를 내는 것이 얼마나 어려운 일인가에 대해 이번에 톡톡히 실감한 듯 평소 해맑던 민어행 박사가 어두운 표정으로 조심스럽게 의견을 꺼내 놨다.

"우리 기관이 변해야 생존할 수 있다는 혁신의 절박함을 나타내는 구호라고 생각하나 그렇게 신선하게 느껴지지는 않네요. 어디서 많이 들어본 거 같기도 하고."

평소 바른말을 잘하는 유어의 박사가 돌직구를 던지자 다른 위원들도 동감하는 듯한 표정을 보였다. 민어행 박사는 '내 그럴 줄 알았다.'는 씁쓸한 표정을 지었다. 이어서 다른 사람들이 고민의 흔적을 내비치며 슬로건에 대한 아이디어를 차례로 꺼내 놨지만 반응들이 신통치 않았다.

"그럼 'BIGS-KASI: 예산도 두 배, 성과도 두 배'는 어떻습니까?"

가위인 혁신팀장이 평소와 달리 자신에 찬 목소리로 말했다.

"어! 그거 괜찮은 거 같은데 좀 더 자세히 설명해 주시겠습니까?"

좋은 아이디어가 나오지 않아 초조한 마음으로 회의를 주재하던 혁신위원장은 '드디어 나올 게 나왔구나.' 직감하고 반가운 목소리로 추가 설명을 재촉했다.

"네, 'BIGS-KASI'는 영어로 표현된 뜻 그대로 우리 천문(연) 'KASI'를 규모와 성과 면에서 두 배 이상 키우자는 의지를 나타낸 것입니다."

"여기서 'BIGS'의 'B'는 'Black Hole Strategy'의 머리글자입니다. 블랙홀이 주위의 모든 물질을 빨아들여 새로운 에너지를 분출하듯이 블랙홀 전략으로 우리 모두의 역량을 집결하여 새로운 에너지를 만들어 내자는 뜻을 담고 있습니다. 'I'는 'Innovative KASI'의 머리글자로 천문(연)을 혁신시키자는 의지를 나타냅니다. 이어서 'G'는 'Global

KASI'를 의미하며 세계로 뻗어 나아가는 천문(연)의 기상을 의미합니다. 마지막으로 'S'는 'Science Korea KASI'의 머리글자로 과학 한국을 선도하는 기관의 이미지를 담았습니다."

가위인 혁신팀장은 많은 고민을 통해 이 슬로건을 만들었다는 것을 증명이나 하듯 힘 있는 어조로 차분하게 설명을 이어 갔다.

"제 설명을 요약하자면 혁신을 통해 우리 천문(연)의 새로운 에너지를 만들어 내고, 이를 바탕으로 세계적인 연구기관으로 발돋움해서 대한민국의 과학을 선도하자는 겁니다. 또한 혁신을 통해 우리 기관의 예산과 연구성과를 지금의 두 배 이상으로 키워 보자는 겁니다."

가위인 혁신팀장의 말엔 한번 제대로 해보자는 굳은 의지와 결연함이 배어있었다.

"야, 정말 괜찮은데요?"

"가슴에 확 와 닿습니다. 감동적입니다. 그걸로 하죠."

혁신위원들도 맘에 드는 슬로건이 나오지 않아 애가 탔던지 가뭄 끝에 단비를 만난 듯 여기저기서 감탄사가 성급하게 터져 나왔다.

"아니, 어쩜 그렇게 근사한 슬로건을 생각해 내셨어요? 저는 아무리 머리를 쥐어짜도 안 나오던데, 부럽습니다."

민어행 박사가 동그란 눈을 반짝이며 정말 부럽다는 표정을 지었다.

"슬로건은 가슴으로 만들어야 하는데 머리로 만들려고 하니 안 나오는 게 당연한 거 아닙니까?"

유어의 박사가 한쪽 눈을 찡긋하며 밝은 얼굴로 농담조의 돌직구를 날렸다.

"멋진 슬로건을 제안해 주신 가위인 팀장님께 감사드립니다. 다들 반기시니 'BIGS-KASI: 예산도 두 배, 성과도 두 배'를 우리 기관의 혁신 슬로건으로 채택하겠습니다."

가위인 혁신팀장이 제안한 슬로건이 만장일치로 채택되었다.

"저도 생각한 슬로건이 있는데 가위인 팀장님이 제안한 슬로건에 비해 못한 거 같아 그만두겠습니다."

혁신위원장은 아쉬운 표정으로 말꼬리를 내렸다.

"아 참, 우리가 너무 흥분한 나머지 위원장님이 준비한 슬로건을 듣지 않고 결정했네요. 그래도 애써 준비하셨는데 발표해 주시죠. 여러분 어떻습니까?"

유어의 박사가 다른 위원들의 동의와 제청을 구하듯 둘러보며 재촉했다.

"정말 그러네요. 일단 위원장님의 안을 들어 보고 더 좋으면 다시 결정하면 되는 거 아닌가요? 여러분 안 그래요?"

매사에 항상 긍정적인 민어행 박사가 맞장구를 쳤고 다른 위원들도 고개를 끄덕이며 위원장에게 발표해 보라는 눈신호를 보냈다.

"제 것은 가 팀장님 것보다 좀 못한 것 같아 말씀드리지 않으려 했는데…. 위원님들께서 발표하라고 하니 말씀드리겠습니다."

괜한 얘기를 해서 입장 난처하게 되었다는 표정으로 머리를 긁적이며 내키지 않은 듯 말을 이어갔다.

"제가 준비한 슬로건은 '준비된 기관, 반 박자 빠른 기관'입니다. 가위인 팀장님의 슬로건이 혁신을 통해 기관의 규모를 키우자는 의지가 반영된 것이라면, 제가 제안하는 슬로건은 혁신을 통해 우리 기관의 일하는 방식과 체질을 개선하자는 취지입니다."

"잘 아시다시피 그동안 우리 기관은 정부의 연구사업 공모가 난 후에야 부랴부랴 준비해서 연구계획서를 제출해왔습니다. 그러다 보니 연구계획서의 내용이 타 기관에 비해 부실하고 채택률도 당연히 좋지 않았습니다. 따라서 예산과 인력의 증가율이 타 기관의 반도 안 될 수밖에 없었죠. 이런 악순환이 계속 반복됐다고 생각합니다."

오랜 기간 고민해 왔던 문제에 대한 해결의 실마리를 찾은 듯 처음 내비쳤던 머뭇거리던 태도가 점점 자신감으로 바뀌면서 말을 이어갔다.

"'준비된 기관, 반 박자 빠른 기관'이란 늦어도 2년 전에 연구사업을 미리 준비할 수 있는 '프로젝트 풀'이라는 체계를 마련하자는 겁니다. 다양한 형태와 규모의 연구개발 사업을 남들보다 먼저 준비하여 기관 차원에서 체계적이고 전략적으로 종합 관리하자는 취지입니다. 연구계획서를 일 년에 두 번씩 심사하여 연구계획의 추진 여부와 재원 확보 방안, 사전 기획의 필요성 등을 미리미리 검토하자는 거지요. 이런 식으로 이 년 전부터 '프로젝트 풀'로 준비된 연구사업 만을 정부에 제시하자는 것이 주요 골자입니다. 이렇게 하면 대외 환경 변화에 적기에 빠르게 대응할 수 있는 체계를 마련할 수 있다고 봅니다. 또한 충분한 사전 검토를 통해 내용을 알차게 준비하여 연구계획서의 채택률을 향상시킬 수 있다고 확신합니다. '준비된 기관, 반 박자 빠른 기관'으로 체질을 개선하여 'BIGS-KASI'로 도약할 핵심 동력으로 삼으면 어떨까요."

'BIGS-KASI'와의 연결고리를 찾아 실현 방안까지 구체적으로 제시하는 혁신위원장의 슬로건 제안에 모든 위원들이 놀라는 눈치였다.

갑자기 혁신위원회가 술렁이기 시작했다. 그의 슬로건 제안을 듣지 않고 넘어갔으면 큰일 날 뻔했다는 표정들이 역력했다.

"위원장님이 제시한 슬로건도 제가 제안한 슬로건 이상으로 훌륭해 보이는데 우리가 이미 슬로건을 결정했다고 버리기엔 너무 아깝다고 생각합니다."

가위인 팀장은 안타까워하며 진심 어린 어투로 의견을 제시했다.

"저도 동감입니다. 맘에 드는 슬로건이 두 개씩이나 나왔으니 두 개 다 채택하면 어떨까요? 가 팀장님 것은 성취감을 자극하는 것으로 쓰고, 위원장님 것은 체질개선을 강조하는 슬로건으로 쓰면 좋겠습니다."

평소 말을 아끼던 이망우 정책실장이 오랜만에 입을 열어 연장자답게 중재안을 제시했고, 다른 위원들도 제청의 목소리를 높였다.

"여러분의 의견이 정 그러시다면 두 개의 슬로건을 우리 기관의 혁신 슬로건으로 채택하도록 하겠습니다."

혁신위원장은 두 개의 슬로건이 의미상 겹치지 않고 상호 보완적인 게 다행이라고 생각하며 밝은 표정으로 결론을 내렸다.

'준비된 기관'의 슬로건 하에 2006년부터 본격적으로 시작된 '프로젝트 풀' 제도를 통해 2006년에만 무려 55개의 연구사업이 도출되었다. 그중에서 18개의 사업이 2007년부터 시작되는 성과를 이루었다.

'반 박자 빠른 기관'의 실현을 위해 2005년 말에 전격적으로 전자결재 시스템을 도입했다. 각종 위원회 회의가 끝나면 담당자가 위원들을 하나하나 찾아다니며 결재를 받느라 거의 반나절을 소비해 왔다. 평소 그런 전근대적인 행태를 종종 보면서 혁신위원장은 좀 더 빠른 시스템 도입의 필요성을 절감해 왔다. 전자결재의 도입 후 천문 (연) 내 행정 흐름의 속도는 상상을 초월할 정도로 빨라졌음은 당연하다.

'준비된 기관, 반 박자 빠른 기관'이라는 슬로건은 축구팀에 비유하면 체력과 스피드로 체질을 개선하여 게임을 지배하자는 전략이다. 2002년 월드컵에서 4강의 신화를 일궈냈던 히딩크 감독의 비결을 경영 측면에서 분석한 책을 통해 이 슬로건의 아이디어를 얻었다. 'BIGS-KASI: 예산도 두 배 성과도 두 배' 슬로건은 5년 후인 2010년에 예산이 두 배로 증가했고, 7년 후인 2012년에 연구성과 중 하나인 SCI 논문이 두 배로 증가해 모두 실현되는 기적을 이루었다.

직원들이 참여하는
즐거움을 누리게 하라

매주 월요일마다 정기 회의를 하면서 이제까지 혁신을 이끌어 온 혁신위원회가 어느 정도 자리를 잡았다고 혁신위원장은 판단했다.

"그동안 여러분들의 헌신적인 활동 덕분에 불과 두 달 만에 우리 기관 내에 혁신의 분위기가 점점 고조되어 가고 있다고 생각합니다. 여러 위원님들의 적극적인 노력에 위원장으로서 감사의 말씀을 드립니다. 하지만 지금부터가 더 중요하다고 생각합니다. 그 이유는 구성원들의 자발적인 참여를 이끌어내지 못하면 혁신은 실패한 거나 다름없기 때문입니다."

누구나 현실에 안주하길 좋아하고 고통스러운 혁신을 싫어하기 마련이므로 직원들의 참여를 끌어내는 일이 결코 쉬운 일이 아니다. 혁신위원장은 혁신의 새로운 단계에 접어들었다는 것을 본능적으로 직감하고 새로운 각오를 다질 필요성을 느꼈다.

"위원장님 말씀대로 이제까진 우리 위원회가 혁신을 이끌어 왔습니다. 하지만 지금부터는 직원들이 직접 참여할 수 있는 다양한 프로그램이 필요하다고 봅니다."

본인도 필요성을 느껴왔다는 듯 유어의 박사가 곧바로 거드는 말을 했다.

"오늘은 혁신에 대해 우리 직원들의 관심과 참여를 이끌어낼 만한 아이디어를 내주시길 부탁드립니다. 크건 작건 소소한 것이건 생각나는 대로 말씀해 주세요. 어떤 아이디어도 좋습니다."

지원 발언을 해준 유어의 박사에게 따스한 눈길을 보내며 혁신위원장은 의견 개진을 주문했다.

"위원장님, 우리 직원들이 품고 있는 여러 의견들을 온라인상에 기명이나 익명으로 맘껏 제안하고 토론할 수 있는 장을 마련하면 어떨까요?"

민어행 박사가 좋은 생각이 떠올랐다는 듯 경쾌하게 말문을 열었다.

"제안뿐만 아니라 중요한 사안에 대해서는 온라인으로 전체 직원의 설문도 가능하면 더 좋겠습니다."

사전에 미리 서로 의견을 교환한 듯이 유어의 박사가 맞장구를 치며 추임새 넣듯 말을 건넸다.

"제안자이신 민 박사께서 시행 방안에 대해 좀 더 구체적으로 말씀해 주시면 고맙겠습니다."

"말 그대로 우리 기관의 인트라넷 상에 '제안, 토론, 설문마당'을 개설하자는 것입니다. 직원들이 평상시 가지고 있는 의견을 온라인상에 기명이나 익명으로 맘껏 제안하고 토론할 수 있는 장을 마련하자는 것이죠. 직접 토론을 제의할 수도 있고 제안한 의견 중 직원 간

토론이 필요하다고 판단되면 토론마당으로 옮겨 토론이 가능하게 하면 됩니다. 뭔가를 결정하기 위해 설문이 필요한 경우 설문에 부쳐 전 직원에게 설문 결과를 공개하면 직원들이 더 관심을 가질 거라고 생각합니다. 누구나 자신이 제시한 의견이 어떻게 되었는지 궁금해하기 마련이거든요. 혁신위원회 내부에 제안마당검토소위원회를 두어 일주일 단위로 제안된 의견을 검토하고 기관 차원의 수용 여부와 개선 일정 등을 2주 이내에 답변하도록 조치하면 어떨까요? 또한 경영진에서는 직원들의 제안을 가능한 한 수용하는 쪽으로 방침을 정했으면 좋겠습니다."

민어행 박사는 마치 노련한 배우가 대사를 읽듯이 영민한 머리로 막힘없이 시행 방안까지 줄줄 읊었다.

"제안하신 아이디어의 시행 방안까지 구체적으로 말씀해 주서서 감사합니다. 다른 위원님들도 민 박사님의 의견에 동의하십니까? 찬성하신다면 제안과 토론과 설문이 모두 가능한 온라인 시스템을 만들 수 있는지 전산팀에 확인한 후 시행하도록 하겠습니다."

민어행 박사의 언변에 감탄한 듯 다들 밝은 표정으로 찬성의 의사를 표시했다.

"또 다른 아이디어가 있으면 말씀해 주시죠."

혁신위원장은 이번엔 어떤 아이디어가 나올까 기대하며 참석자들을 둘러봤다.

"우리 직장은 칭찬에 인색한 것 같은데 좀 더 환하고 긍정적인 조직문화를 만들기 위해 직원 간에 '칭찬 릴레이'를 하면 어떨까요?"

민어행 박사에게 선수를 빼앗긴 유어의 박사가 만회하려는 듯 재빠르게 말했다.

"그거 좋은 생각인 거 같은데요. 유 박사님의 아이디어에 대해 좀 더 자세히 설명해 주시죠."

혁신위원장은 잔뜩 기대하는 표정으로 대답을 재촉했다.

"직원 간의 칭찬을 인트라넷을 통해 매주 릴레이로 이어 가는 캠페인을 하자는 겁니다. 칭찬받을 직원의 사진과 칭찬받을 내용, 담당업무, 연구분야 등에 대해서 간단하게 소개하고 게시하는 거지요. 누구나 댓글도 달게 하고요. 여러 사람으로부터 반응을 얻게 되면 더욱 기분이 좋지 않겠어요? 이렇게 하면 보통 퇴근 후에 부서장이나 동료를 헐뜯는 데 익숙한 부정적인 문화에서 서로 칭찬하는 긍정적인 문화로 바뀔 거라고 확신합니다. 공개적으로 다른 사람을 칭찬하는 일이 처음에는 어색하지만 긍정적 문화로 바뀌면서 곧 익숙하게 될 것입니다. 제가 멀리 소백산천문대에 근무하다 보니 대전 본원에 근무하는 직원을 만나기 힘들고 심지어 모르는 직원도 많습니다. 이 프로그램을 통해 다른 부서나 소백산천문대, 보현산천문대 등 원격지에서 근무하는 동료들을 알게 되는 부수적인 효과도 얻을 수 있다고 봅니다."

민어행 박사 못지않게 본인 아이디어의 실행방안과 효과까지 청산유수로 개진하는 유어의 박사를 보고 다들 놀라는 눈치다. 혁신위원장도 평소와 다른 유어의 박사의 태도에 감동하였다.

"유어의 박사님의 훌륭한 의견 개진에 감사드립니다. 꽤 괜찮은 아이디어 같은데 여러분도 다 찬성하리라 믿고 시행하겠습니다. 자, 또 다른 아이디어가 있으면 말씀해 보시죠."

혁신위원장은 신이 나서 경쾌한 목소리로 의견 개진을 주문했다.

"저, 위원장님, 제가 혁신팀 일을 하다 보니 표준협회에서 하는 'e-포스터'를 알게 되었는데요. 우리도 한번 해보면 어떨까 해서…."

평소 말없이 혁신위원회에 참석하던 혁신팀의 유아사 씨가 어렵사리 말문을 열었다. 혁신위원회의 막내라 좀처럼 의견 표출을 꺼리던 유아사 씨의 부끄럼 섞인 말에 다들 의아해하며 쳐다봤다.

"e-포스터? 그게 뭐지요?"

"마음에 와 닿는 짧고 좋은 글을 예쁘게 디자인하여 배경 그림과 함께 컴퓨터 화면에 게시하는 포스터를 말합니다. 현재 표준협회에서는 사백여 가지의 포스터를 이미 만들어 판매하고 있는데 그 내용이 좋아 다른 기관에서도 많이 이용하고 있거든요. 직원들이 출근해서 일을 시작하려면 반드시 인트라넷에 접속하여 로그인과 비밀번호를 입력해야 하잖아요. 월요일마다 새로운 것을 그 접속 화면에 게시해서 매주 바꿔 사용합니다. 한 가지 부담스러운 것은 표준협회에서 판매하는 'e-포스터'의 가격이 몇백만 원대라 비싸서 말씀드릴 엄두를 못 냈습니다. 하지만 우리 기관의 실정에 맞게 직접 만들어 쓸 수도 있다고 생각합니다. 만일 우리 기관에서 'e-포스터'를 시행한다면 제가 좋은 글귀와 그림을 찾아 포스터를 만들어 보겠습니다."

느리지만 분명한 어투로 조근조근 의견을 개진하는 유아사 씨의 목소리가 낭랑하게 울리자 다들 의외라는 눈치였다.

"비용을 아끼기 위해 직접 만들어 사용하겠다는 의지는 높이 살만합니다. 하지만 업무를 하면서 매주 하나씩 작성해 게시하는 게 결코 쉬운 일이 아닐 텐데 괜찮겠어요?

혁신팀의 일이 점점 많아지는 것을 잘 아는 가위인 혁신팀장이 걱정스러운 표정으로 말을 했다.

"예, 저도 쉽다고 생각하지 않지만 한번 해보고 싶어요. 매주 근사한 포스터를 만들어 우리 직원들에게 감동을 줄 수 있다면 저로서도 보람 있는 일이라고 생각합니다."

어린 유아사 씨에게 저런 당찬 면이 있었는지 감탄하면서 모두 고개를 끄덕였다.

"아사 씨가 그런 마음으로 e-포스터를 직접 제작하여 게시한다니 감동입니다. 기대가 되네요. 다른 분들도 찬성하시면 유아사 씨가 제안한 아이디어를 채택하여 시행하도록 하겠습니다."

오늘의 혁신위원회 회의는 분위기가 더욱 좋았다. 적극 의견을 개진하고 본인이 나서겠다고 하는 모습을 보며 흐뭇한 마음으로 혁신의 성공을 예감했다. 혁신에 대해 직원들의 관심을 끌고 자발적인 참여를 유도하는 몇 가지 소소한 프로그램들이 시작됐다.

'제안, 토론, 설문마당'이 인트라넷에 게시되자 직원들의 의견이 봇물 터지듯 쏟아져 나왔다. 평소 조용하고 의견 표출을 꺼리던 직원들이 그동안 가슴에 품고 있던 의견이 이렇게나 많았나 싶을 정도로 건강한 제안들이 많았다. 2005년 10월 20일에 제안마당이 개설된 이후 두 달이 채 안 되는 기간에 57건의 제안이 접수되었고 그중 78%인 44건이 반영되었다. 직원 한 사람당 0.5건꼴로 제안을 한 셈이다. 평상시 별 관심을 보이지 않던 직원들도 제안된 의견이 실현되는 것을 보고 소소한 의견까지 다 꺼내 놓았다. 3개월 사이에 천문(연)이 확 달라진 분위기였다. 혁신을 한다는 것이 거창한 것이 아닌 우리 주변의 작은 것부터 관심을 갖고 변화시키는 것임을 깨닫게 한 좋은 모델이 되었다. 이 프로그램은 그야말로 대박이었다. 제안하여 반영된 것 중에 아직도 기억에 남는 것은 비데 설치에 대한 제안이었다. 비데를 써본 적이 없는 문질빈 부원장에겐 그 당시에는 좀 엉뚱한 제안으로 받아들여졌다. 토론마당을 통해 직원들의 의견을 들어 보니 많은 사람들이 관심을 가지고 필요성을 지지하기에 즉각 시행하였다.

'칭찬 릴레이' 프로그램이 시행되자 칭찬에 친숙한 문화가 점차 확산되었고, 2년이 지나자 거의 전체 직원을 한 바퀴 도는 데 이르렀다. 거의 마지막 단계에 이르러 칭찬할 대상이 점점 줄어들자 칭찬받을 만한 일을 하지도 않았는데도 칭찬을 하는 상황까지 벌어졌다. 하지만 남의 좋은 점을 발견하고 칭찬하는 것은 분명 기분 좋은 일이다. 어떤 사람에게는 내가 누군가로부터 칭찬받았으니 평상시 언행에 더 조심하는 계기가 되었을 것이다. 이 캠페인의 효과인지 몰라도 천문(연) 내에서 서로 마주치면 환하게 인사하는 남들이 부러워하는 좋은 문화가 지금까지 계속 이어지고 있다.

제안마당과 더불어 'e포스터' 프로그램도 거의 동시에 시작되었다. 인트라넷 접속 화면에 마음에 와 닿는 짧고 좋은 글을 직접 예쁘게 디자인하여 게시하였다. 예를 들면 여명이 비추는 고즈넉하고 아름다운 풍경을 배경으로 '천문(연)에서 시작하는 당신의 아침이 행복에 대한 기대와 설렘으로 다가오길 바랍니다.'라는 글귀를 실었다. 일주일 단위로 바뀌는 화면의 좋은 글귀를 접하는 직원들의 반응도 매우 좋았다. 자체 제작하여 사용하다 보니 천문(연) 내 각종 행사 사진을 배경으로 쓰는 등 우리에게 친숙한 화면을 게시할 수 있는 이점까지 얻게 되었다. 화면에 쓰일 글귀와 그림을 매주 준비해야 했던 혁신팀의 유아사 씨가 즐거운 마음으로 고생했다. 이 프로그램은 정부로부터 혁신상을 타는 부수적인 성과도 얻었고, 매주 월요일 아침마다 이번 주엔 어떤 화면이 뜰까 기대하게 만들었다.

문제를 해결하려면
핵심을 간파하고 본질을 건드려라

어느 날 아침, 정부에서 매년 시행하는 고객만족도 조사 결과에서 천문(연)이 거의 바닥을 기었다는 보고를 받고 어깨가 무거웠다. 고객만족도 조사 결과의 중요성을 알고 있는 혁신위원장은 어떻게든 이 문제를 해결해야 한다는 강박감에 혁신위원회를 소집하여 대책을 논의했다.

"이미 아시는 분도 계시겠지만 우리 기관이 정부가 매년 시행하는 고객만족도 조사에서 거의 꼴찌를 했습니다. 먼저 정책실장께서 이번 고객만족도 조사 결과를 항목별로 자세히 설명해 주길 바랍니다."

혁신위원장의 요청에 따라 이망우 정책실장이 걱정스러운 어조로 고객만족 결과에 대해 자세한 설명을 마쳤다.

"그동안 고객만족도 결과가 미치는 영향력이 그리 크지 않아 별로 신경을 쓰지 않은 게 사실입니다. 하지만 이제는 상황이 많이 바뀌었습니다. 고객만족도 결과가 우리의 대정부 예산활동과 천문(연)의 이미지에 매우 심각한 영향을 미칠 겁니다. 아무 조치도 안 하고 계속 최하위 권에 머문다면 혁신을 통해 천문(연)의 획기적인 발전을 모색하고자 하는 우리의 계획에 큰 장애 요인이 될 겁니다."

가위인 혁신팀장의 말에는 참담하고 무거운 마음이 실려 있었다.

"오늘 혁신위원회에서는 고객만족도 결과를 높이는 방안을 심도 있게 논의해 주시길 바랍니다."

혁신위원장은 혁신위원 한 사람 한 사람과 눈을 마주치며 의견 개진을 재촉했다.

"업무를 할 때 모든 직원이 평상시 고객에게 잘해야 고객만족도 평가 결과가 잘 나올 겁니다. 기관 차원에서 어떤 방안을 내어 조치를 한다고 그게 하루아침에 바뀔 수 있을까요?"

고객만족 업무 책임자인 정책실장이 난감한 표정으로 조심스럽게 얘기를 꺼냈다.

"고객만족도 조사 응답자 후보 명단에 우리에게 우호적인 고객들만 추려서 추천하면 어떨까요?"

엉뚱한 생각을 잘하고 두뇌 회전이 빠른 민어행 박사가 기발한 방안인 양 자신 있게 얘기했다.

"고객만족도 조사 시기에 우리를 평가하는 고객들에게 전화를 해서 잘 평가해달라고 부탁하면 어떨까요?"

"고객만족 결과를 평가에 반영하고 인센티브를 주는 제도를 도입하면 고객만족에 대해 직원들이 좀 더 신경 쓰고 결과도 더 나아지지 않을까요?"

정책실과 혁신팀의 젊은 여직원이 고민 끝에 각각 한마디씩 거들었다. 하지만 두 시간가량 논의를 했지만 지엽적이고 땜질식의 얘기만 오갔지 근본적인 해결책이 나오지 않았다.

확실한 해답을 얻지 못한 혁신위원회 회의 후 '고객만족도가 왜 낮을까?' 하며 한참을 생각하던 혁신위원장의 머리에 뭔가 확실한 것이 잡히기 시작했다. 문제의 핵심은 우리 직원들에게 고객만족이라는 개념이 없다는 것이다. 그러니 고객만족 조사 결과가 좋지 않은 것은 당연하다는 생각이 불현듯 들었다. '그래 이거야.' 하며 무릎을 쳤다. 직원 전체를 대상으로 고객만족 교육을 시키는 것이다. 우리의 고객이 누구이고 왜 고객만족이 필요한지 인식시키는 것이 가장 근본적인 해결책이라는 확신을 갖게 되었다.

전문 교육기관과 함께 교육을 설계하는 과정에서 혁신위원장이 직접 강의하는 게 훨씬 효과적일 거라는 제안이 있어 그러기로 했다. 전체 직원을 대상으로 한 고객만족 교육은 30여 명씩 몇 차례 나누어 천문(연)과 가까운 외부에서 하루 종일 진행되었다. 교육의 첫 시간을 맡은 그는 어떻게 하면 직원들의 마음을 움직일 수 있을까 많은 고민을 하며 정성스럽게 강의 자료를 준비했다.

"여러분, 반갑습니다. 고객만족 교육받으러 왔는데 제가 강사로 앞에 서 있으니 놀라셨죠?"

"아, 저기 소백산천문대에서 여사님들께서도 오셨네요. 오늘 아침에 출발해 오셨나요? 새벽 일찍 오시느라 고생 많으셨습니다. 여기까지 한 3시간 걸리죠? 잠도 충분히 못 주무시고 이른 새벽부터 달려와 주신 소백산천문대 직원 여러분께 감사와 격려의 큰 박수를 부탁드립니다."

직원들이 반기며 힘찬 박수로 감사의 뜻을 전했다.

충북 단양에 있는 천문(연) 소속의 소백산천문대는 백두대간인 소백산국립공원 내 해발 1,383m에 위치해 있다. 대한민국 현대 천문학의 시작을 알리는 지름 61㎝급 천체망원경이 운용되고 있어 우리나라 천문학의 성지나 다름없다. 밤하늘에 펼쳐진 천체를 관측하기 위해 소백산천문대에는 1년 내내 방문자가 끊이지 않고 대부분 숙박을 한다. 소백산천문대에는 방문객센터가 있어 예약한 방문객에게 숙식을 제공한다. 그러다 보니 소백산천문대 근무자와 내방객에게 밥을 해주고 주방과 숙소를 관리해 주는 사람이 필요하다. 높은 산에 위치해 접근이 어려우므로 직원들이 매일 출퇴근할 수 없다. 따라서 총 네 명이 2개 조로 나뉘어 근무하는데 대부분 나이가 50대 후반인 여성분들이라 소백산천문대에서는 '여사님'이라고 호칭한다.

매우 다양한 다수의 내방객이 1년 내내 방문하는 소백산천문대는 군대로 치면 최전방 고객접점부서다. 소백산천문대와 같이 격리된 공간에서는 먹고 자는 문제가 내방객의 만족도를 크게 좌우한다. 소백산천문대에서 내방객을 매일 접하는 '여사님'들이야 말로 고객만족의 최전선에 있는 거나 다름없다. 따라서 '여사님'들도 이번 교육에 참석하라고 했다.

"부원장님, 아침 일찍 나서느라 힘들었지만 기관에서 우리에게도 이런 교육도 시켜주시니 고마운 마음으로 한걸음에 달려왔어요."

평소 수더분한 '여사님' 한 분이 신이 난 표정으로 말했다.

"예? 아, 그렇게 생각해 주시니 감사합니다. 아무쪼록 여사님께 즐겁고 유익한 교육이 되길 바랍니다."

처음에 '여사님'의 말뜻을 잘 이해하지 못한 혁신위원장이 약간 당황해하며 말을 얼버무렸다. '소백산천문대에서 밥과 청소나 해주는 사람들에게도 다른 직원들과 동등하게 교육을 받게 해주니 고맙다'는 의미임을 나중에 알고 가슴이 찡했다.

"여러분, 우리의 고객은 누구일까 생각해 보신 적이 있습니까?"

혁신위원장은 질문으로 강의를 시작했다.

"부원장님, 연구기관에 근무하는 우리가 왜 고객만족에 대해 신경 써야 합니까?"

강의가 시작되자마자 작심한 듯 갑작스러운 질문이 돌직구처럼 날아왔다. 우리가 백화점도 아닌데 왜 고객만족에 신경을 써야 하냐고 항의하듯 어느 한 고참 연구원이 내지른 것이다. 예상치 못한 질문에 처음엔 당황했으나 혁신위원장은 개의치 않고 더 당당하게 강의를 이어 갔다.

"예전엔 우리가 고객만족에 대해 신경을 쓰지 않아도 전혀 문제가 없었습니다. 하지만 지금은 상황이 완전히 바뀌었습니다. 새 정부 들어서 고객만족도 조사 결과를 예산배정에 반영하기 시작했습니다. 정부에서 매년 시행하는 고객만족도 결과가 나쁘면 연구비가 늘어날 수 없는 상황이 된 것입니다. 따라서 좋고 싫음을 떠나 우리 기관의 생존을 위해서는 지금부터는 고객만족에 신경을 써야 합니다. 선택이 아닌 필수가 되었다는 말입니다. 그래서 바쁜 시간을 쪼개어 이렇게 전체 직원을 대상으로 고객만족 교육을 할 수밖에 없게 된 것입니다."

혁신위원장은 비장한 어조로 고객만족 교육 실시의 배경을 설명하고 그 필요성을 강조했다.

"이미 들으신 분도 있겠지만 정부가 시행한 고객만족도 결과에서 우리 기관이 최하위권에 머물렀습니다. 이제 더 이상 가만있을 수 없는 상황이 되었습니다. 이 위기를 극복하지 않으면 우리 기관의 발전과 미래는 장담할 수 없는 지경에 이른 것입니다. 이번 기회에 우리 모두가 고객만족에 대한 인식을 높여 다음 조사에선 좋은 성과를 거두길 간절히 바랍니다."

그의 무거운 목소리에 교육장 분위기가 숙연해졌다.

"지금부터 나 자신 외에는 다 고객이라고 생각하십시오. 직장에서 일 때문에 만나는 사람뿐만 아니라 내 가족도 나의 고객입니다. 심지어 나 자신마저도 나의 고객이 될 수도 있습니다. 나는 나 자신을 위해 무엇을 하고 있는가를 생각해 보면 그 의미가 어렴풋하게 잡힐 것입니다."

"정부에서 고객만족도 조사를 한다고 해서 억지로 고객만족에 대해 신경을 쓴다는 게 좀 창피하지 않은가요? 우리가 일을 하면서 아니 짧은 인생을 살면서 내 주위의 가족과 동료와 다른 사람들에게 좀 더 배려하고 웃는 모습으로 대하면 나도 기분 좋지 않나요? 우리가 밝은 표정으로 미소 짓고 친절하게 말하는데 돈이 드나요? 어차피 같은 시간 들여 일하는 거 찡그리지 않고 환한 표정으로 일하면 나 자신의 인생도 활짝 펴지지 않겠습니까?"

"고객만족은 결국 남을 위한 것이 아닌 나 자신을 위한 거라고 생각합니다. 남이 강요해서가 아니라 멋진 내 인생을 위해서라도 평소 우리 생활 속에서 고객만족을 실천해 보면 어떨까요?"

그는 봇물이 터지듯이 평소의 생각과 신념을 거침없이 설파했다.

교육의 긍정적인 결과는 멀리 소백산천문대에서부터 전해졌다. '여사님'들을 비롯한 소백산천문대 직원들의 표정과 일하는 태도가 확 바뀐 것이다. 소백산천문대를 다녀온 외부인들이 소백산천문대는 음식 맛도 좋지만 일하시는 아주머니들의 표정에 더 감동한다고 전하는 일이 많아졌다. 고객만족교육이 끝난 뒤 3개월쯤 지나 대전에서 전 직원 체육대회가 있었다. 그때 우연히 마주친 '여사님' 한 분이 다가와 살포시 속삭이던 말이 십 년이 지난 지금도 귓가에 흐뭇하게 남아 있다. '부원장님, 지난번 교육 때 좋은 말씀 많이 해주셔서 감사해요. 그때 감동 많이 받았어요.'

고객만족 교육 이후 천문(연)의 고객만족도 결과는 수직 상승하여 출연(연) 전체의 최상위 그룹에 속하고 그 결과가 몇 년간 지속되었다. 어떤 문제이든 핵심을 간파하고 본질을 건드리면 근본적인 해결책이 나온다는 것을 경험한 귀중한 기회였다. 혁신위원회 내부에서도 이번 교육을 통해 가시적인 성과가 바로 나오는 것을 경험하고 놀라는 분위기였다. 우리가 추진하는 혁신이 결코 막연한 것이 아님을 실감하고 자신감을 갖는 계기가 되었다. 제안마당을 통해 직원들이 혁신의 성취감을 맛보았다면 이번엔 고객만족을 통해 혁신위원회가 성취감을 맛본 셈이다.

기관운영의 원칙을 세워
조직 내 잡음을 최소화한다

울긋불긋 한껏 치장한 단풍들도 빛깔이 바래는 늦가을 오후 어느 날, 행정부장이 툴툴거리며 문질빈 부원장 방으로 들어왔다.

"아니, 행정부장님, 무슨 일이 생겼습니까? 별로 기분이 안 좋아 보입니다."

잔뜩 화가 난 기색의 행정부장을 언뜻 보며 걱정스럽게 말을 건넸다.

"부원장님, 정말 일 못 해 먹겠습니다. 연구원들 너무하는 거 아닙니까?"

형에게 대들다 한 대 얻어맞은 동생이 엄마에게 편들어 달라는 듯 말했다.

"아니, 연구원들이 왜요? 누가 행정 직원에게 심한 말을 했습니까?"

천문(연)이 연구기관이다 보니 연구원들이 우월의식을 가지고 행정원을 막 대하는 경우가 가끔 있기에 넘겨짚어 얘기했다. 연구기관에서 연구원과 행정원 간의 갈등과 긴장은 경영자로서 균형 감각을 가지고 세심하게 조율해야 할 어려운 과제 중 하나다.

"그런 게 아니라…. 우리 기관의 금년도 출장복명 현황을 보고하란 지시가 정부로부터 내려왔습니다. 점검해 보니 출장복명을 안 한 게 50%가 넘더라고요. 그래서 해당 연구원들에게 이메일과 전화로 심지어 찾아가서 출장복명을 하라고 수차례 애걸복걸해도 도무지 말을 듣지 않으니 죽겠습니다. 보고 마감 시간은 다가오고 미치겠네요. 부원장님, 이 일을 어떡하지요?"

짙은 눈썹을 치켜뜨고 고개를 한껏 내저으며 행정부장이 진저리치듯 하소연했다.

연구기관의 경우 보통 구성원의 70% 이상이 연구직이다. 연구원들은 수시로 만나 서로 연구정보를 교환해야 하니 학회나 세미나, 워크숍 등으로 국내외 출장이 잦다. 복무 규정상 3일 이상의 국내 출장이 끝나면 5일 이내에, 국외 출장의 경우 15일 이내에 출장복명을 해야 한다. 하지만 연구원들이 귀찮다는 이유로 이 규정을 잘 지키지 않는다. 연구원들은 평상시에도 연구에 몰두해 있는 상태여서 그 몰입을 방해하는 그 어떤 일도 본능적으로 싫어하기 때문이다. 심지어 연구 외의 일은 행정직이 다 알아서 해주기를 바란다. 하지만 행정직은 그런 연구직을 이해하기 힘들다. 규정에 명시된 의무조차 안 하는 연구직의 뻔뻔한 자세를 행정직은 상식적으로 받아들이기 힘들다. 또한 연구직의 그런 태도로 인해 발생한 여러 가지 부정적인 결과에 대해 뒤치다꺼리하느라 행정직만 괜한 고생한다고 생각하기 쉽다. 따라서 연구직과 행정직 간에는 항상 갈등이 존재한다.

"규정에 명시된 것조차 안 하는 일부 연구원들이 해도 너무하는군요. 행정부장님의 심정 십분 이해합니다. 뭔가 근본적인 해결책을 마련하지 않으면 이런 일들이 계속 반복될 텐데 한번 고민해 보겠습니다. 지금 당장은 어쩔 수 없으니 일단 돌아가서서 행정부장님 선에서 최선을 다해 보시고 그 결과를 그대로 보고하시죠."

문질빈 부원장 본인도 연구직이지만 행정부장이 처한 고민을 충분히 이해한다고 편을 들어 말했다. 이번에 이 문제를 근본적으로 해결해야겠다고 다짐하며 입을 굳게 다물었다.

며칠간 이 문제를 머릿속에 빙빙 돌리다 보니 문득 10여 년 전 연구팀장 시절 경험이 떠올랐다. 연초가 되면 모두 모여 올해 개인평가를 어떤 기준으로 할 것인지, 수탁연구 인센티브는 어떤 방식으로 나눌 것인지 미리 정했고 정한 대로 시행했다. 그래선지 내부의 불만도 없었고 그 당시 단합도 잘 되었다. 어떤 운동 경기를 하더라도 지켜야 할 규칙을 미리 정해 놓고 그 규칙대로 적용하면 어느 누구도 불만을 제기하지 않는다. 경기 도중에 규칙을 바꾸거나 이미 정해 놓은 규칙을 제대로 적용하지 않으면 갈등이 일어나고 결국 경기는 난장판이 되기 마련이다.

이번 문제를 찬찬히 들여다보니 이미 정해 놓은 규칙(원칙)을 구성원의 일부가 무시하고 지키지 않는 게 문제의 핵심이다. 그럼 해결책은 새로운 규칙을 정할 게 아니라 규칙을 누구나 예외 없이 지킬 수밖에 없도록 하면 된다. 해결의 실마리가 여기까지 도달하자 드디어 해결책이 눈에 보이기 시작했다. 그는 행정부장을 방으로 불렀다.

"지난번에 말씀하신 출장복명 문제를 근본적으로 해결할 비책을 찾아냈습니다."

그의 말에 행정부장은 의심의 눈빛을 보냈다.

"간단합니다. 앞으로 규정대로 출장복명을 하지 않은 직원은 다음 출장을 가지 못하게 하면 됩니다."

그는 별것 아니라는 투로 단순하게 말했다.

"부원장님, 그것을 어떻게 강제화하죠?"

뾰쪽한 실행방안이 떠오르지 않는 듯 행정부장이 고개를 갸우뚱했다.

"본인이 갔다 온 출장의 복명이 안 되어 있으면 온라인상에서 더 이상 출장 신청이 불가능하도록 조치하면 됩니다. 전산팀과 협의해서 조치 방안을 강구해 보시죠."

"아, 그런 방법이 있군요. 하지만 출장 신청을 강제로 막으면 여기저기서 불만이 터질 텐데요. 제가 제일 듣기 싫은 말인 '행정편의주의'라는 말도 나올 거고요. 연구원들이 인사부서의 담당 행정원을 쥐 잡듯 못살게 굴 텐데 걱정입니다."

그의 방안을 듣고 화색으로 반기던 행정부장의 안색이 다시 곧 어두워지기 시작했다.

"그런 일은 일어나지 않을 테니 너무 걱정하지 마세요. 제가 간부회의 때 이 사안에 대해 의논하면서 부원장의 특별 지시로 조치하도록 하겠습니다. 불만이 있는 직원들은 담당 행정원이 아닌 저를 원망하겠지요. 정해진 규칙을 지키지 않는 직원은 반드시 손해 본다는 것을 이번 기회에 확실히 주지시킬 겁니다. 몇몇 사람이 규칙을 지키지 않아 기관 전체에 손해를 끼치는 행태를 근절하는 계기로 삼을 예정입니다. 행정부장께서는 이 조치를 전산팀에서 곧바로 실현할 수 있는지만 미리 점검해 주세요."

걱정하는 행정부장을 안심시키려는 듯 그는 여유 있게 웃음 지으며 말했다. 행정부장도 그의 깊은 뜻을 이해했다는 듯 밝은 표정으로 고개를 끄덕였다.

그가 내놓은 해결책이 전산팀을 통해 시행된 후 천문(연)에서 출장복명으로 인한 행정부서의 고민과 갈등이 말끔히 사라졌다. 지금은 직장 문화로 정착되어서 모든 직원이 출장복명을 당연히 해야 한다고 인식하고 군말 없이 지킨다. 어떤 연구원들은 출장지에서 시간이 나면 미리 출장복명서를 작성하기도 한다. 시행 초기 몇몇 연구원들이 찾아와 중요한 국외 출장을 가야 하는데 출장 신청이 안 된다며 발을 동동 굴렀으나 단호하게 무시했다. 이미 세운 규칙을 제대로 지켜나가기만 해도 조직 내 문제와 갈등의 많은 부분을 예방하고 해소할 수 있다는 교훈을 터득했다.

어떤 일이든 원칙이 없으면 이런저런 갈등과 잡음이 많게 마련이다. 정보를 공유하고 있는 간부들은 어떤 일의 전후 맥락과 방향을 비교적 잘 이해한다. 하지만 일반 직원들은 기관 전체가 아닌 본인과 관련된 일에 대해서만 주로 촉각을 세우기 마련이다. 끼리끼리 모여 얘기하다 보면 '카더라'식 유언비어가 난무하여 사실과 180도 다른 내용이 사실처럼 입소문을 타고 퍼져 나간다. 이런 상황은 조직의 건전한 문화 형성에 도움이 되지 않을뿐더러 괜한 일로 전체 직원이 에너지를 낭비하게 된다.

출연(연)에서 부서별 인력배치와 예산배정 같은 안살림을 보통 부원장이 도맡아 한다. 문질빈 부원장은 많은 직원들이 관심을 갖는 몇 가지 주요사안에 대해 "기관운영의 원칙"이라는 문건을 만들어 공표하였다. 그리고 가능하면 그 원칙을 지켜 천문(연)의 안살림을 하려고 노력했다.

인사와 관련해서는 정규인력의 배치와 보직 임면, 외부인력 활용, 직무순환에 관한 원칙을 수립하였다. 정규인력 배치의 예를 들면 연구부서에서 정규인력의 배치를 받기 위해서는 어느 기준 이상의 연구성과가 있어야 하는지에 대한 기준 등을 제시했다. 그동안 한 명이라도 더 많은 인력을 받기 위해 부서 간에 보이지 않는 갈등과 억측이 많았다. 하지만 이런 원칙의 제시와 적용 덕분에 부서별 신규인력의 배치가 예측 가능하게 되었다.

'연구사업비 운용원칙'을 수립하여 확보한 예산의 재원별 배분과 운용원칙도 제시하였다. 매년 말이 되면 간부회의에서 자기 부서의 예산을 한 푼이라도 더 확보하기 위해 신경전을 벌이던 행태가 많이 줄었다. 그 외에도 부서평가, 연구성과의 관리 및 운영, 성과목표 배분 등에 관한 원칙을 수립하여 업무와 관련된 갈등과 억측을 많이 줄였다.

변화를 지탱하는 힘,
끊임없는 교육

2007년 초, 문질빈 부원장은 평소 가까이 지내는 국가과학기술연구회 사무처장을 회의석 상에서 우연히 만났다. 본인보다 10살 연장자인 사무처장이 건너편 좌석에 있는 것을 발견하고 반가운 마음에 쫓아가 악수를 청하며 말을 건넸다.

"처장님, 안녕하세요. 오랜만입니다. 처장님을 여기서 뵐 줄은 몰랐네요. 잘 지내셨죠?"

"아, 문 부원장, 반가워요. 잘 지내지? 참, 이번에 천문(연)이 만든 중장기발전계획을 쭈욱 훑어봤는데 아주 썩 잘 만들었더군. 수고했어요."

항상 그렇듯 활짝 웃는 얼굴로 다정하게 어깨를 다독이며 말했다.

"과찬이십니다. 저희 중장기발전계획을 시간 내어 봐주셨다니 감사합니다. 더 열심히 하겠습니다."

처장의 갑작스러운 칭찬에 겸손하게 대답했다.

"아니야! 내가 읽어 보고 감동해서 진심으로 하는 말이야. 내가 연구회 산하 여러 기관을 돌아다니며 강연을 하는데 출연(연)의 롤모델로 소개하려고 해. 경영대학에서 강의할 때 교재로도 쓸까 해요. 그렇게 해도 괜찮지? 나 지금 저자한테 구두로 허락받았으니 나중에 딴소리하기 없기야!"

한눈을 찡긋하는 처장의 얼굴에서 장난기 많았던 아이의 모습이 비쳤다.

"처장님께서 그렇게 해주신다면 저희로선 더없는 영광이죠. 칭찬해 주시니 괜히 우쭐해지네요. 좋게 봐주셔서 감사합니다."

그는 처장의 높은 평가에 지난 11개월간 고생한 보람을 느꼈다.

"문 부원장, 내가 보기엔 이 계획을 수립하면서 지난 11개월간 전 직원이 받은 교육이 더 의미가 있다고 봐요. 앞으로 천문(연) 발전에 이 부분이 더 크게 작용할 거요."

처장이 그를 그윽하게 쳐다보며 말했다.

"아, 예! 그런가요?"

처음엔 처장의 말을 이해를 못 했으나 곧바로 그 말이 얼마나 의미심장한 말인지 알아차렸고, 그가 던진 이 한마디가 큰 의미로 다가왔다. 돌이켜 보니 중장기발전계획을 만드는 과정에서 지난 11개월간 직원이 받았던 교육의 양이 꽤 되었다. 거의 한 달에 한 번꼴로 1박 2일의 직원 워크숍이 진행되었다. 그때마다 대한민국 최고의 컨설턴트인 기신정 대표가 서너 시간씩 중기발전계획 수립과 관련된 교육을 했다. 다시 기억해 보니 어떤 날은 8시간을 넘게 강의한 적도 있다. 기신정 대표가 강의를 할 때면 직원들의 몰입도가 매우 높았다. 그의 목소리가 차분하고 조용조용해 듣는 사람들이 졸릴 만도 한데 조는 사람이 거의 없다. 그는 언제나 대한민국 최고의 프로다운 면모를 보이며 강의했다. 천문(연) 직원들도 기신정 대표를 신뢰했고 10년이 지난 지금도 그가 천문(연)에 오면 멀리서 달려와 악수로 반기는 직원이 많을 정도다. 아무튼 중장기발전계획 수립 과정에서 천문(연)의 전체 직원이 가랑비에 옷 젖는 줄 모르게 엄청난 교육을 받은 셈이다.

그 외에도 팀별, 부서별로 별도의 워크숍이 수없이 진행되었다. 천문(연) 역사상 이렇게 많은 교육이 집중적으로 밀도 있게 진행된 적이 없었다. 아니 다른 기관에서도 이 정도로 집중적인 교육을 해본 적이 없을 것이다. 직원들이 깨어나고 바뀌는 교육의 효과를 1년여간 직접 체험한 혁신위원회는 지속적으로 변화하고 발전하기 위해서는 교육밖에 없다는 결론에 도달했다. 실제로 지난 8년간 천문(연)이 획기적으로 발전할 수 있었던 것은 교육이 중추적인 역할을 했기 때문이라 해도 과언이 아니다.

2005년부터 매년 말에 전 직원이 참여하는 1박 2일 연찬회를 정례화시켰다. 이때 기관 전체와 부서별 성과를 되돌아보고 차기 연도 계획을 서로 공유하는 시간을 가졌다. 그 당시 천문(연)의 규모가 비교적 작아 전 직원 연찬회가 가능했다. 하지만 10년이 지난 지금은 규모가 두 배가량 커져 적정 장소를 물색하기 어려운 상황이다.

우연한 기회에 입사 3년 차인 행정직 여직원과 저녁을 먹게 되었다. 그녀는 대학을 졸업하자마자 20대 초반에 입사해서 당시 천문(연) 역사 이래 최연소 신입직원이었다. 항상 웃음을 머금고 다니는 그녀가 그날 가슴에 품고 있던 속내를 털어놨는데 그 이야기를 듣고 경악을 금치 못했다.

"부원장님, 제가 막 입사해서 한 2년간 얼마나 힘들었는지 모르시죠?"

"규리 씨가 힘들었다니 의외인데! 전혀 몰랐어, 많이 힘들었어?"

문질빈 부원장은 그녀의 항상 밝은 모습만 보았기에 나이는 어리지만 직장생활을 잘하고 있다고 생각해 왔다.

"제가 천문(연)에 입사했을 때가 저로서는 사회에 첫발을 내디딘 순간이었어요. 사회 경험이 없다 보니 모든 게 생소했던 시절이었죠. 업무와 관련해서 문서 작성조차 어떻게 하는지 모르는 정말 생짜 초보였지요. 그런 저에게 입사하자마자 선배들이 무려 두 가지 업무를 맡기더라고요."

"아니, 신입직원에게 두 가지씩이나? 어떤 업무들을 맡겼기에?"

"급여업무와 외자구매 업무요. 사회생활이 처음이니 1년 정도는 한 가지 업무만 하게 해달라고 건의했지만 무시당했어요. 영어도 잘하는 똑똑한 인재가 왔으니 일을 더 많이 해야 한다며 말이죠. 울며 겨자 먹기로 할 수밖에 없었죠. 그땐 정말 죽는 줄 알았어요. 업무 매뉴얼도 없는 데다 업무에 관해 물어봐도 잘 알려 주지도 않고 알아서 하라는 거예요. 선배들이 야속해서 천문(연)을 그만둘까도 여러 번 생각했어요. 저는 절대로 후임에게 그런 대물림은 시키지 않을 거예요."

지금 중견급 행정원 두 명이 각각 급여와 외자구매 업무를 따로 맡고 있는 것을 감안할 때 정말 말이 안되는 일이 벌어졌던 것이다. 그녀의 이야기를 들으면서 문질빈 부원장은 속이 부글부글 끓었다.

"그래도 규리 씨가 용케 잘 견뎌내서 다행이야. 앞으론 그런 일이 없도록 신입직원 교육 프로그램을 만들어야겠어. 지금은 신입직원 교육이라는 것 자체가 전혀 없잖아. 군대에 가도 논산 훈련소에서 4주간 기본교육을 시켜 자대에 배치하는데 사회에서 그냥 업무에 투입시키는 게 말이 안 되지."

"맞아요. 부원장님, 꼭 그렇게 해주세요. 단지 업무 교육뿐만 아니라 우리 기관에 대한 전반적이 소개와 연구부서의 소개, 서류작성과 전산시스템 사용방법 등에 대해서도 미리 교육을 받으면 큰 도움이 될 거예요."

"규리 씨, 꺼내 놓기 어려운 이야기를 내게 해줘서 고마워요. 내가 제대로 된 신입직원 교육 프로그램을 만들어 보답을 할게."

"부원장님, 제 얘기 들어주시고 또한 적절한 조치까지 취해 주신다니 고맙습니다."

그녀의 기대에 찬 밝은 미소가 양어깨에 무겁게 내려앉았다.

이제까지 신입직원이 들어오면 별도의 교육 없이 맡겨진 일을 시키기에 바빴다. 연구직은 박사학위를 받고 들어오는 경우가 많다. 따라서 학위과정이나 박사 후 연수 과정을 통해 자기 분야의 일에 어느 정도 익숙해진 상태. 하지만 행정직의 경우 사수를 통해 대충 전달되는 내용만을 가지고 하나하나 더듬어 가며 일을 하려니 짜증만 나고 효율이 오르지 않는다. 대부분의 신입직원이 기관 전체의 방향이나 사명, 비전, 핵심가치, 중장기 계획, 시스템 및 각 부서가 하는 일에 대한 내용을 모른 채 업무에 투입되었다. 그러다 보니 자신이 맡고 있는 일이 기관 전체에서 차지하는 위치와 의미, 목적을 모르고 업무를 하는 처지였다. 이를 개선하기 위해 약 한 달간의 신입직원 교육 프로그램이 2009년부터 본격적으로 가동되었다.

신입직원이 공통으로 갖추어야 기본소양 등에 대해서는 외부 전문 교육기관에 약 일주일간 위탁교육을 맡겼다. 또한 방학 때마다 진행되고 있는 2박 3일의 교사 천문연수 프로그램을 예외 없이 의무적으로 이수하도록 하여 천문우주과학 분야의 기초적인 지식을 습득하도록 하였다. 그 밖에 전산시스템 사용, 각부서의 소개 등을 부서장들이 직접 교육하도록 했으며 천문(연)이 전국 규모로 운영하고 있는 연구시설을 견학하는 프로그램도 진행하였다. 이는 천문(연)에서 10여 년을 근무했어도 연구시설을 가보지 않는 직원들이 태반인 점이 반영된 것이다.

문질빈 부원장도 신입직원 교육의 1일 차 교육을 맡아 천문(연)의 역사와 중장기발전계획, 주요 연구시설과 장비, 연구 프로젝트에 대해 개괄적으로 직접 소개했다. 아울러 그가 직접 만든 인생설계서를 예로 소개하며 각자의 인생을 설계하여 3주 후에 제출하도록 했다. 의외로 자신의 인생에 대해 진지하게 생각해 보지 않는 사람들이 대부분이어서 인생설계를 3주 안에 제출하는 것이 버거워 보였다. 각자 작성한 본인의 인생설계를 교육생들 앞에서 서로 발표하는 시간도 가졌다.

"여러분, 제가 숙제로 낸 인생설계서를 3주 이내에 만들어 제출하느라 고생했습니다. 어땠어요? 막상 하려니 좀 힘들었죠?"

그도 인생설계를 처음 작성할 때 한 달간 고민하며 쓰고 지우고를 반복했다. 남의 인생설계를 들을 때는 쉬워 보이나 자신의 것을 막상 쓰려면 어려운 법이다.

여기저기서 다양한 의견들이 나왔다.

"예, 저는 첫 질문인 '나는 어떻게 살 것인가?'가 가장 어려웠습니다. 너무 철학적인 질문이라, 이제껏 그런 생각을 진지하게 해본 적이 없었거든요. 하지만 제 인생에 대해 곰곰이 생각해 봤던 좋은 경험이었습니다."

"부원장님께서 인생설계에 대해 강의하실 때 '집 지을 때도 설계도가 필요한데 우리 인생에 대한 설계도가 없다면 우리 인생이 집 한 채 짓는 것만도 못하다는 것 아니냐?'라는 말씀이 큰 충격으로 다가왔습니다."

"저의 미래에 대해 시간상의 모습, 전문가로서의 모습, 사회인으로의 모습, 직장에서의 모습, 가정에서의 모습을 그려 볼 수 있는 소중한 기회를 얻어 기쁩니다. 막연하게 생각했던 것들이 구체적으로 와 닿는 거 같아 자신감이 생겼습니다."

"이번에 처음으로 제 버킷리스트를 작성해 봤는데 꿈만 같더라고요. 제 인생이 은근히 기대되는 거 있지요. 좋은 기회를 주셔서 감사합니다."

"자기계발과 취미 생활 등에 더 신경을 써 제 인생을 좀 더 풍요롭게 해야겠다는 생각을 했습니다."

"저는 '앞으로 이 세상은 어떻게 변할 것인가?'라는 질문이 가장 어려웠습니다. 이 세상이 어떻게 변하든 나만 잘하면 된다고 생각해 왔거든요. 과학기술의 발전이 우리 사회를 급격하게 바꾸고 있는데 이에 대해 미처 준비하지 못하면 큰일 나겠구나, 하는 생각을 했습니다."

"나의 장단점에 대해 깊이 생각할 시간을 가져 좋았습니다. 특히 저의 나쁜 습관인 흡연을 이번 기회에 확실히 고쳐야겠다는 결심을 했습니다."

"3주 후에 이렇게 발표할 줄 미리 알았으면 좀 더 근사하게 인생설계를 할 걸 그랬어요. 다른 분들은 멋진 인생설계를 했는데 제 것이 가장 초라한 거 같아 창피하네요. 이 시간 끝나고 다시 하겠습니다."

대부분의 참가자들이 인생설계가 어려웠지만 매우 의미 있고 가치 있었다고 했다. 원장이 된 이후에도 신입직원 교육에 참여하여 인생설계를 반강제로 시켰다. 지금까지 90여 명의 신입직원이 작성한 인생설계를 가지고 있다. 그들의 인생이 설계한 대로 이루어지는가를 지켜보는 것이 사뭇 기대된다.

과학기술자들이 그동안 소홀해 왔던 리더십, 기획능력, 발표능력, 글쓰기 교육 등에 기회를 더 확대하였다. 리더십 교육을 통해 사회 과학적인 안목을 넓히게 했고, 리더로 성장하기 위해서는 어떤 소양이 필요하며 어떤 노력을 해야 하는가에 대한 인식을 갖게 하였다. 기획과 발표 및 글쓰기 교육은 연구든 행정이든 구분 없이 모든 업무에 반드시 필요한 능력이다. 그러나 우리나라 교육 여건상 소홀히 해온 분야라 다들 적극적으로 교육을 받았으며 교육이수 후 대부분의 직원들이 만족해했다.

2009년부터 신입직원 교육, 리더십 교육, 기획능력 향상 교육, 고객만족 교육 등을 본격적으로 시행해 왔다. 이를 위해 상당량의 교육 예산을 최우선으로 배정했다. 이때부터 교육 학점제가 시작되어 천문(연)의 직원은 매년 7일의 교육을 의무적으로 받아야 한다. 처음에는 의무 교육 위주로 시행하였으나 3년 정도 지나 의무 교육이 어느 정도 수준에 이르자 선택적 직무 교육으로 방향이 전환되어 시행 중이다.

좋다고 생각되는 교육을 먼저 직접 이수한 후, 그 교육이 직원 전체에 필요하다고 생각되면 확대하는 방식으로 검증된 교육을 시키고자 노력했다. 교육받는 것을 대부분의 사람들이 꺼리는 경향이 있다. 하지만 한 번이라도 인상 깊은 좋은 교육을 받으면 교육에 대한 부정적인 선입견이 바뀌고 자발적으로 교육을 받으려 한다는 점에서 착안했다. 그 결과 많은 직원들이 자신의 발전을 위해 교육이 필요하다는 인식을 가지게 되었고 자기계발을 위해 능동적으로 나서는 분위기가 형성되었다.

3년여간 시행을 통해 교육에 대한 기본 틀이 어느 정도 잡혔다. 원장이 된 후에는 월 1회씩 저명인사 특강과 예술 공연 프로그램을 제공하여 인문예술적인 소양을 넓히도록 했다. 또한 몇몇 기관에서 제공하는 최고경영자 과정을 먼저 이수한 후, 부장급 이상 간부들에게 인적 네트워크를 확대하는 차원에서 참석을 권유하고 지원했다.

중장기발전계획 수립

1) 혁신위원회의 선행교육

2005년 당시 천문(연)의 중장기 계획은 능동적으로 만들지 않고 상부의 지시에 의해 며칠 만에 뚝딱 만들어 제출하고 마는 식이었다. 그래서 중장기 계획에 비전이나 사명, 핵심가치 등은 아예 없다. 그냥 그때 하고 있는 일이나 막연하게 해야겠다고 생각하는 것들을 모아 정리한 것에 불과했다. 따라서 전략적인 요소와 구체성이 매우 결여된 상태다. 가장 큰 결함은 전체 직원이 머리를 맞대고 만든 것이 아니라 특정부서의 담당자가 업무의 하나로 해치워 버린 성격이 강했다. 그러니 방향성과 실행력이 없을 수밖에 없다. 경영에 전혀 반영되지 않은 상태에서 담당자의 책꽂이에 꽂혀 있는 죽은 계획이나 다름없었다.

혁신위원회는 이번에 제대로 된 중장기발전계획을 만들어야겠다고 다짐하고 혁신위원회가 추진해야 할 가장 중요한 사안이라고 판단했다. 혁신 파트너인 키투에스의 도움을 받는다면 체계적이고 실행력 있는 중장기 계획을 수립할 수 있다는 자신감도 가지게 되었다. 혁신위원회에서는 먼저 키투에스의 기신정 대표를 초청하여 중장기 계획 수립과 관련한 교육을 미리 몇 차례 받았다.

"중장기 계획 수립이 왜 필요하고, 조직과 개인 차원에서 어떤 의미를 가질까요?"

기신정 대표는 교육이 시작되자마자 먼저 혁신위원들에게 질문부터 던졌다.

"중장기 계획이 있어야 그 조직이 나아갈 방향과 목표가 뚜렷해지지 않나요? 또한 개인과 조직이 추구하는 바가 정렬되게 하는 방향타 역할을 할 거 같은데요."

관련 서적을 미리 읽어 본 민어행 박사가 자신 있게 대답했다.

"민 박사님께서 정확히 말씀해 주셔서 감사합니다. 그럼 중장기 계획에는 어떤 요소들이 반드시 포함되어야 할까요?"

기신정 대표는 민어행 박사의 대답에 만족한 듯 미소 지으며 말했다.

"제가 보기에는 일단 조직의 장단기 목표와 그것을 이루기 위한 전략과 실행계획 등이 반드시 들어가야 할 거 같은데요."

유어의 박사가 민어행 박사를 의식하며 재빠르게 의견을 피력했다.

"유 박사님의 말씀이 맞습니다. 하지만 그것만으로는 약간 부족합니다. 몇 가지 더 추가하자면 구성원들이 목숨처럼 아끼는 가치관이 정립되어야 합니다. 전문용어로 '핵심가치'라고 하죠. 또한 장기 목표에 해당하는 '비전'을 수립해야 합니다. 핵심가치는 그 조직이 존재하는 한 변하지 않는 것이고 비전은 보통 10년에 한 번씩 갱신합니다.

천문(연)에는 현재 핵심가치와 비전이 정립되어 있나요?"

기신정 대표는 천문(연)의 핵심가치와 비전이 무엇인지 궁금해하며 물었다.

"중장기 계획에 그런 요소가 들어가는지 몰랐습니다. 제가 20년 가까이 근무했지만 천문(연)에서 핵심가치와 비전이란 용어는 금시초문입니다."

이망우 정책팀장이 의외라는 표정으로 대답했고, 다른 위원들도 동의하는 듯 고개를 끄덕였다.

"아, 그렇군요. 그럼 이번에 중장기 계획을 세우면서 천문(연)의 핵심가치와 비전을 정립해야겠네요. 한 가지 더 질문하겠습니다. 중장기 계획의 수립에서 가장 중요하게 생각해야 할 점은 무엇이라고 생각하십니까?"

점점 어려워지는 포괄적인 질문에 선뜻 대답이 나오지 않았다.

"중장기 계획을 실행하여 성과를 거두는 게 아닐까요? 아무리 좋은 계획도 실행하지 않으면 소용없지 않겠어요. 계획을 세울 때는 담당 부서에서 부산을 떨다가 계획서를 제출한 다음에는 흐지부지하는 것을 누누이 봐왔거든요. 어떤 계획이라도 한번 제대로 실행되었으면 좋겠어요."

한동안의 정적을 깨고 가위인 혁신팀장이 간절한 마음을 담아 입을 열었다.

"예, 가 팀장님 말씀이 맞습니다. 겉으로 그럴듯한 것보다 수수하더라도 그 계획이 실행되어 성과를 얻을 수 있도록 하는 게 제일 중요합니다. 그러기 위해서는 중장기 계획을 수립할 때 어렵고 오래 걸

리더라도 전체 직원이 참여해서 함께 만들도록 해야 합니다. 모든 일이 공들이고 시간을 투자한 만큼 애정이 가게 마련이거든요."

교육을 받으며 천문(연)에서 그동안 수립한 계획이 얼마나 엉성하고 아마추어적인 것이었는지 깨달았다. 중장기 계획을 세우는 것이 결코 만만치 않다는 중압감도 느꼈다. 혁신위원회에서는 어떻게 하면 직원들의 관심과 참여를 이끌어낼 수 있을까에 대해 많은 토론을 하고 향후 6개월간의 치밀한 일정과 계획을 세웠다. 그 당시 시각으로 보자면 중장기 계획을 수립하는데 뭐 6개월씩이나 걸리나 하고 비아냥거릴 만했다. 하지만 전체 직원이 참여하는 것이 중요하므로 절대 서둘러서는 안 된다는 원칙을 이미 세워 놓은 상태였다. 이후 전체 직원들을 대상으로 수차례의 교육과 워크숍이 그해 12월부터 6개월간 차근차근 진행되었다.

2) 전 직원 워크숍

1박 2일의 전 직원 워크숍을 통해 기신정 대표가 중장기전략계획을 수립하는 절차와 일정을 간략하게 소개했다.

"중장기 계획을 수립하기 위해서는 먼저 크게 세 가지 기초자료를 수집하고 분석해야 합니다. 첫째는 '거시환경' 즉 천문(연)을 둘러싼 주변의 환경이 어떻게 변하고 있는지 거시적인 시각으로 분석해야 합니다. 거시환경은 크게 3가지 면에서 분석해야 합니다. 하나는 정책제도변화로서 '천문(연)'이 국가 연구개발정책과 연계성을 가지고 연구 사업을 운영하고 있는가?'입니다. 또 하나는 사회문화변화로서 '천문(연)은 과학기술계를 둘러싼 사회문화 변화를 정확하게 인식하고 있으며 이러한 변화에 적극적으로 대응하고 대비하고 있는가?'에 관한 것입니다. 마지막 하나는 연구개발변화로서 '천문(연)은 국내외 연구개발 환경변화에 능동적으로 대처하고 있는가?'입니다."

직원들은 아직 한 번도 해본 일이 없는 이런 일들을 어떻게 해야 할지 난감한 표정들이었다.

"기 대표님, 거시환경 분석을 우리가 직접 다 해야 하나요? 아니면 키투에스에서 해주나요?"

누군가가 용기를 내서 질문했다.

"힘드시겠지만 여러분이 직접 다 하셔야 합니다. 키투에스는 여러분이 하실 수 있도록 곁에서 돕는 안내자 역할만 할 뿐입니다."

여기저기서 탄식의 한숨 소리가 흘러나왔다. 기신정 대표는 아랑곳없이 담담하게 설명을 이어갔다.

"둘째는 '고객과 경쟁자', 즉 천문(연)의 고객과 경쟁자가 누구이고 어떤 특성을 가졌으며 어떻게 해야 고객을 만족시키고 경쟁자를 극복할 수 있는가에 대한 답을 찾는 것입니다. 고객 분석의 일환으로 내부고객, 즉 천문(연)이 가지고 있는 내부역량에 대한 심층 분석도 동반되어야 합니다. 셋째는 '구성원 인식'에 관한 것입니다. '구성원의 핵심가치는 무엇이며 현재의 조직문화는 어떤가?'와 구성원이 생각하는 '천문(연)의 바람직한 미래상'을 조사하고 분석하는 것입니다. 경영진의 인식에 대한 분석도 필요하며 이게 바탕이 되어야 실효성 있는 계획을 수립할 수 있습니다."

"지금 말씀하신 대로 중장기 계획을 만든다면 한 1년 걸리겠는데요. 연구하기도 빠듯한데 그깟 중장기 계획을 만드느라 이렇게 많은 시간과 에너지를 쏟는다면 너무 낭비 아닌가요?"

각 부서에서 제출한 계획을 단순히 취합하여 중장기 계획서를 며칠 만에 뚝딱 만드는 데 익숙했던 고참 연구자가 참석 직원들을 대변하듯 불만을 토해냈다.

"천문(연)에서 이제까지 어떻게 중장기 계획을 수립해 왔는지 저는 잘 모릅니다. 하지만 제가 말씀드린 게 옳은 방법입니다. 이 방법을 따르지 않고 세운 계획은 실행력을 장담할 수 없습니다. 실행되지도 않을 계획을 세우시겠습니까?"

기신정 대표도 물러서지 않고 단호하게 말했다.

"여러분, 대부분의 기초자료 수집과 분석은 혁신위원회 위원들이 주도할 겁니다. 여러분은 혁신위원회 활동에 관심을 가지고 적극 참여해 주시면 됩니다. 너무 부담 안 가져도 됩니다."

분위기가 마치 기신정 대표를 성토하는 것처럼 돌아가자 가위인 혁신팀장이 얼른 진화에 나섰다.

"구성원 인식 조사를 누가 어떻게 하죠? 대면 조사를 해야 하나요, 아님 전 직원을 대상으로 설문을 해야 하나요?"

혁신팀의 유아사 행정원이 이 많은 일들을 어떻게 하지 난감해하며 질문했다.

"전체 직원에게 설문지를 만들어 돌릴 겁니다. 경영진의 인식에 대해서는 키투에스가 경영진과 면담을 통해 조사할 거고요."

기신정 대표가 날카로워진 분위기를 누그러뜨리듯 차분한 어조로 말했다.

중장기 계획 수립의 신호탄이라 할 수 있는 첫 번째 워크숍은 기신정 대표와 참여자들 간 열띤 공방 속에 끝났다. 그만큼 직원들의 관심이 많았다는 간접 증거다. 덕분에 직원들이 중장기 계획 수립의 절차와 체계에 대해 전체 그림을 이해하는 데 큰 도움이 되었다. 지금껏 막연하게 생각해 왔던 것들이 좀 더 구체화 되는 느낌을 얻을 수 있었다. 특히 기신정 대표가 적절한 예시를 들어가며 차분하고 품격 있게 전개한 강의는 참석한 전 직원을 압도해 나아갔다. 과학기술분야에 종사하기 때문에 그동안 일류급 사회과학 전문가를 접해본 경험이 거의 없는 대부분의 직원들은 신선한 충격을 받았다.

3) 바빠진 혁신위원회

워크숍 직후 혁신위원들은 바빠졌다. 기관의 현황진단과 세 가지 기초자료 분석을 위한 아이디어 도출 회의가 오후 4시부터 장장 10시간에 걸쳐 진행되었다. 한 명이 보강된 총 여덟 명의 위원들은 새벽 2시까지 지친 기색도 없이 열띤 토론으로 밤을 불태웠다. 장장 10시간의 토론이라니, 참석자 모두가 새벽이 오는지도 모를 정도로 집중하였고 회의가 끝난 후 참석자들도 스스로 놀라는 눈치였다. 열정을 가지고 한마음으로 뭉치면 어떤 것이든 다 할 수 있다는 자신감도 가지게 되었다.

기초자료 확보를 위해 직원 전체를 대상으로 '비전 및 중장기 전략 수립을 위한 설문'이 1주일간 시행되었다. 지난 워크숍 효과인지 이 설문에는 전체 149명 대상자 중 138명이 응답하는 93%의 높은 참여율을 보였다. 설문은 크게 세 부분으로 구성되었다. '비전 수립을 위한 설문'에서는 미래 최고 연구기관으로서 천문(연)의 미래상과 향후 10년 이내에 가장 달성 가능하고 잘할 수 있는 영역, 현재의 수준, 반드시 극복해야 할 장애요소, 반드시 추진해야 할 과제, 보존해야 할 가치와 문화, 천문(연)의 존재 이유 등에 관한 내용이 다루어졌다.

'경영진단을 위한 설문'에서는 천문(연)의 전반적인 경영수준, 변화에 대한 인식, 직장 만족도, 직장 내에 공유되고 있는 행동과 사고방식, 업무수행 관련 느낌, 인사정책과 평가 및 보상에 관한 인식, 행정서비스에 관한 문제점 등이 조사되었다.

'연구분야에 관한 설문'에서는 연구분야의 변화 방향, 가장 중점을 두고 평가되어야 할 성과, 연구분야별 경쟁력과 가능성 및 전략적 육성의 필요성, 우수 연구진을 확보하기 위한 중요요소와 취약요소 등이 폭넓게 다루어졌다.

외부 주요 고객 중 하나인 정부 공무원들이 바라보는 천문(연)에 대한 인식에 대해서도 별도의 설문이 병행되었다.

혁신위원회 위원 여덟 명은 각자 일을 분담하여 방대한 자료 조사를 통해 거시환경의 정책제도변화와 사회문화변화, 연구개발 환경변화를 분석하고 이슈 매트릭스를 작성하였다. 여기서 '이슈 매트릭스'란 중심이 되는 문제점(이슈)을 도출하고 그것을 해결하기 위한 활동과 일정을 구체적으로 문서화하는 것을 말한다. 또한 고객과 경쟁자, 내부역량에 대해서도 마찬가지 작업이 진행되었다. 설문 결과의 분석을 통해 구성원이 인식하고 있는 핵심가치와 바람직한 미래상, 조직문화에 대한 이슈 매트릭스도 만들어졌다.

작성된 이슈 매트릭스를 기초자료로 삼아 2005년 12월 초순부터 두 달간 15차례에 걸쳐 혁신위원회 내부의 진지한 토의와 검토가 뒤따랐다. 막판에는 6시간이나 9시간의 회의도 불사했다. 키투에스와 함께 최종 점검을 한 후 드디어 중장기발전전략 수립을 위한 기초자료를 2006년 2월 초순에 마련할 수 있었다.

4) 전략체계도 도출과 비전수립

혁신위원회와 팀장급 이상 간부 및 부서별 대표 평직원 60여 명이 모여 1박 2일간 비전수립 워크숍을 무주리조트에서 가졌다. 워크숍은 오후부터 시작되었다. 키투에스의 기신정 대표가 전략과제 도출과 비전수립 방법론에 대해 소상한 교육을 했다.

"지난 두 달여에 걸친 혁신위원들의 헌신적인 노력 덕분에 중장기 발전계획 수립을 위한 기초자료가 마련되었습니다. 이 기초자료는 혁신위원회와 키투에스가 수차례 논의를 거쳐 만든 것입니다. 먼저 혁신위원회에서 준비한 거시환경 분석 결과를 발표해 주시고 설문 분석 결과를 보고해 주시죠."

기신정 대표가 혁신위원들을 돌아보며 발표를 주문했다. 민어행 박사가 거시환경 분석 결과를 발표했고, 유어의 박사가 고객과 경쟁자 분석 결과를 발표했다. 이어서 가위인 혁신팀장이 내부 직원과 공무원 대상 설문 결과를 보고했다.

"들어 보니 어떻습니까? 혁신위원회에서 그동안 얼마나 많은 노력을 했는지 느껴집니까? 방대한 자료를 수집하고 조사해서 분석하는 것이 결코 녹록지 않은 일입니다. 그런데 본인에게 주어진 고유 업무와 연구를 하면서 동시에 이런 기초자료를 만들었다는 게 저로서도 믿어지지 않을 정도입니다. 혁신위원 여러분의 열정에 감동할 따름입니다. 수고하신 혁신위원들께 감사와 격려의 박수를 보내 주시면 어떨까요?"

격려를 주문하는 기신정 대표가 탄복한 표정을 지으며 칭찬을 아끼지 않았다. 참석자들도 그동안의 수고에 대한 보답으로 혁신위원들에게 힘찬 박수를 보냈다.

"오늘 오후에는 이 기초자료를 바탕으로 SWOT 분석을 할 겁니다. 이어서 천문(연)이 추구할 전략과제를 도출하고 전략적 방향 설정에 대한 대략의 틀을 마련할 겁니다. 저녁 식사 후엔 이 워크숍의 목적인 기관의 사명과 비전, 핵심가치에 대해 정리하고자 합니다. 여기서 SWOT는 강점(Strength), 약점(Weakness), 기회(Opportunity), 위협(Threat)의 머리글자를 모아 만든 단어로 경영 전략을 수립하기 위해 흔히 쓰는 분석 도구입니다. SWOT 분석을 통해 조직의 강점(S)을 살려 기회(O)를 살리고 위협(T)을 회피하는 전략과제를 도출합니다. 역으로 조직의 약점(W)을 보완하여 기회(O)를 살리고 위협(T)을 최소화하는 전략과제를 도출하기도 하지요."

점심 식사 후에 시작한 SWOT 분석과 이를 바탕으로 한 전략과제 도출과 전략적 방향 설정에 대한 논의가 저녁 식사 전에 간신히 마무리되었다. 간부들과 부서 대표 평직원들이 모여선지 몰라도 쉬지 않고 진행되는 워크숍에 참여 몰입도가 높아 다행이었다. 기신정 대표의 물 흐르는 듯한 능숙한 진행이 집중력을 잃지 않게 한몫했다.

워크숍은 저녁을 먹고 기신정 대표의 안내에 따라 계속 진행되었다.

"여러분, 힘드시죠? 하루 종일 수고가 많으셨습니다. 워크숍에 참석하면 저녁 식사 후엔 쉬면서 친교를 갖는 게 보통입니다. 하지만 오늘만큼은 쉬는 시간을 드리지 못해 죄송합니다. 제가 예전에 말씀 드린 적이 있는데 워크숍의 정의는 함께 모여 주어진 일을 끝내는 것입니다. 이번 워크숍의 주요 목표는 천문(연)의 사명과 비전, 핵심가치를 정하는 것입니다. 힘드시겠지만 지금까지 보여 주신 열정을 이 워크숍의 목표를 성취할 때까지 유지시켜 주시면 고맙겠습니다."

기신정 대표의 진지한 모습과 정중한 부탁에 참석자 대부분이 동의하며 기왕 왔으니 결말을 내자는 분위기였다.

"지금부터 여섯 개의 조로 나누겠습니다. 오전에 보고받은 '비전 수립을 위한 설문' 결과와 우리가 오늘 논의한 SWOT 분석 결과 등을 참고해서 논의하시길 바랍니다. 또한 혁신위원회에서 별도로 준비한 기관 비전에 관한 초안도 있으니 참고하시길 바랍니다. 먼저 각 조의 조장을 정해 주시고 각 조의 이름도 지어 주시길 바랍니다."

스티커를 붙이고 넓은 도화지에 그려가며 조별 논의가 약 3시간에 걸쳐 진지하게 진행되었다. 이어서 각 조의 조장이 차례로 나와 본인이 속한 조에서 도출한 사명과 비전과 핵심가치 안을 써 붙이고 그 의미를 열심히 설명했다. 약 두 시간이 걸렸다. 어느 누구도 시곗바늘이 자정을 넘어가는 순간을 몰랐다. 조별로 도출한 안에 대한 종합 토론과 조정이 뒤따랐고, 새벽 3시쯤에 사명과 비전과 핵심가치 안이 모두 정리되었다.

지금도 잊을 수 없는 장면은 지금 천문(연)이 사용하고 있는 사명인 "우리는 우주에 대한 근원적 의문에 과학으로 답한다."가 새벽 2시쯤 결정되는 순간이다. 어느 조에서 도출한 사명(안)이 게시되었을 때 여기저기서 '와' 하는 탄성이 터져 나왔다. 만장일치로 천문(연)의 사명으로 채택하며 참석자 모두 가슴 뿌듯해했다. 이때 결정된 사명이 천문(연)의 입구에 또렷하게 새겨져 출근하며 매일 아침 가슴에 새기고 있다. 이번 워크숍의 열기는 기초자료 분석을 위해 지난번에 개최한 10시간에 걸친 혁신위원회 워크숍만큼 뜨거웠다.

워크숍에서 도출된 사명과 비전, 핵심가치 안에 대해 전 직원의 의견을 수렴하는 과정이 일주일간 뒤따랐다. 의견 수렴이 끝난 직후 혁신위원들과 팀장급 이상 간부 40여 명이 모여 1박 2일의 전략체계도 워크숍을 가졌다. 이 워크숍에서 9개 전략과제를 확정하고 전략체계도를 완성하였다.

일주일 후 같은 사람들이 모여 핵심성과지표도출 워크숍을 가졌다. 논리 관계도 기법을 이용하여 핵심성공요소를 파악하고 검토하여 핵심성과지표를 도출하였다. 이로써 중장기발전전략 수립을 위한 준비가 어느 정도 마무리된 셈이다. 지난 3개월간 피곤함도 잊은 채 숨 가쁘게 달려 여기까지 도달했다. 마라톤으로 말하자면 반환점에 다다른 것이다.

혁신위원회는 천문(연)에 이런 열정과 잠재력이 숨어 있었다는 사실에 놀라고, 그것이 화산처럼 분출하는 것을 목격하며 내심 흥분하고 있었다. 이번 프로젝트를 성공시킬 수 있다는 자신감이 한걸음, 한걸음씩 다가오고 있음을 직감적으로 느꼈다. 혁신위원들 모두가 최선을 다해 각자 맡은 역할을 열정적으로 충실히 해준 덕분이다. 특히 민어행 박사나 유어의 박사의 경우 연구직임에도 불구하고 본인들의 연구 시간을 양보하면서까지 헌신적으로 임해 주어 감동이었다.

5) 중장기발전전략 수립

원장과 전체 직원이 참여한 1박 2일 워크숍에서 천문(연)의 공식적인 비전 선포식 행사를 치렀다. 중장기발전전략 수립 시작 후 4개월 만의 일이다.

"지금부터 천문(연)의 비전 선포식을 거행하겠습니다."

가위인 혁신팀장이 사회자로서 선포식을 알렸다.

"직원 여러분께서는 이미 나눠드린 초를 가지고 원형으로 대형을 만들어 주시길 바랍니다. 원장님과 부원장님께서 먼저 초에 점화하시고 양쪽으로 촛불을 전파해 주시길 바랍니다. 뜨거운 촛농이 흘러 손을 델 수 있으니 일회용 컵 안쪽으로 초를 꽂아 촛농 받침을 만든 상태에서 촛불을 조심스럽게 전파해 주시길 바랍니다."

촛불을 양쪽으로 전파하는 과정에서 혹시라도 화상을 입을까 걱정하여 주의를 환기시켰다.

"우리 모두의 힘을 모아 수립한 비전을 함께 달성하자는 의지를 담아 각자의 촛불을 비전판에 꽂은 후에 제자리로 돌아가 서 주시길 바랍니다."

가위인 팀장 안내에 따라 각자의 초를 꼽자 '우주시대를 선도하는 최고 수준의 천문우주 연구기관이 되자'는 천문(연)의 비전 문구가 모습을 환하게 드러냈다. 비전판을 빙 둘러선 직원들은 사뭇 엄숙한 모습으로 새로 만든 비전을 응시했다.

"원장님께서 비전을 선포해 주시고 한 말씀 해주시길 바랍니다."

가위인 팀장이 원장을 바라보며 정중하게 부탁했다.

"직원 여러분, 오늘 우리는 천문(연) 역사에 길이 남을 역사적인 순간에 서 있습니다. 우리 모두가 힘을 모아 천문(연) 최초의 비전을 수립하였고, 그 비전을 우리 자신에게 선포하는 자리에 서 있는 것입니다. 저 판에 꽂혀 있는 하나하나의 초가 타서 우리의 비전을 드러내듯 우리 각자의 열정과 노력을 태워 우리가 만든 비전을 함께 실현시켜 나가길 바랍니다. 오늘 비전 선포식을 하기까지 고생하신 직원 여러분께 감사를 드립니다. 특히 혁신위원장을 비롯한 혁신위원회 여러분의 헌신적인 노력에 경의를 표하며 이 자리를 빌려 감사드립니다."

원장은 흐뭇한 표정을 지으며 간단하게 인사말을 했다.

"이어서 혁신위원회를 이끌어 오신 부원장님의 한 말씀도 들어 보겠습니다."

문질빈 부원장은 쑥스러운 얼굴로 한걸음 앞에 나섰다.

"오늘 비전 선포식을 할 수 있었던 것은 원장님께서 그동안 물심양면으로 전폭적인 지원을 해주셨기 때문이라고 생각하며 원장님께 감사드립니다. 또한 지난 4개월 동안 일심동체가 되어 열정으로 똘똘 뭉쳐 주신 혁신위원회 위원님들의 노고에 감사드립니다. 그동안의 과정에 적극 참여해 주신 직원 여러분께도 감사드립니다."

감사의 말을 전한 그는 잠깐 침묵을 한 다음 다른 표정으로 이야기를 계속 이어 갔다.

"직원 여러분, 이 자리에 선 김에 몇 가지 당부의 말씀을 드리고자 합니다. 계획이 계획으로만 머물러 있다면 계획을 세울 필요가 없다는 것은 삼척동자도 아는 사실입니다. 저는 많은 계획들이 실행되지 않고 책꽂이에 있거나 파묻히는 경우를 많이 봐왔습니다. 우리는 그런 우를 범해서는 안 됩니다. 우리가 수립한 중장기 계획을 반드시 실천하여 우리가 그동안 공들여 온 시간과 노력이 결실을 맺게 해야 합니다. 우리는 이제 중장기발전전략 수립 전체 일정의 반환점에 와 있습니다. 기관 차원의 중장기 계획과 전략을 부서 단위에서 어떻게 이루어 낼 것인가에 대한 실행계획이 반드시 뒤따라야 하기 때문입니다. 사실 이 일이 제대로 이루어지지 않으면 그동안 고생한 보람도 열매도 얻을 수 없습니다. 어쩌면 지금부터 직원 여러분의 참여와 협조가 더 절실할지 모릅니다. 앞으로가 더 중요하니 고생하는 김에 좀 더 힘내서 잘 마무리해 주시길 부탁드립니다."

전 직원에게 긍정의 에너지를 불어 넣고야 말겠다는 결의에 찬 목소리와 눈빛으로 분위기를 압도하며 말을 마쳤다. 지금부터가 시작이라고 다짐하며 선포식 이후 혁신위원회와 간부진이 긴장을 늦추지 않도록 각별히 신경 썼다.

비전 선포식 후 혁신위원들과 간부들은 전사 차원의 전략과제 및 전략체계도의 최종 검토와 조정을 위해 약 한 달간 바쁜 시간을 보냈다. 그 이후 약 6개월간 부서별 실행계획을 수립하는 단계가 본격적으로 진행되었다. 혁신위원들 각자가 분담하여 부서별 워크숍을 진행하며 실행계획을 수립하는 방법을 가르쳤다. 또한 부서 단위의 튼실한 실행계획이 나올 수 있도록 곁에서 친절한 안내자 역할을 했다. 부서마다 평균 4차례 이상의 피드백을 하며 6개 부서를 돕다 보니 예상보다 더 시간이 걸렸다. 부서 단위로 진행하다 보니 비록 시간은 많이 걸렸지만 자연스럽게 직원 전체가 기획하는 방법론을 익히고 실습까지 하는 결과를 낳았다.

부서 단위에서 완성된 실행계획을 전체 차원에서 검토하고 조정하는 몇 차례의 절차를 거쳐 마침내 10월 초에 중장기발전전략 로드맵 최종본을 원장에게 보고할 수 있었다. 마지막 단계로 전체 직원을 대상으로 1박 2일 워크숍을 진행했다. 이때 부서별 실천계획을 부서장이 직접 발표하고 종합 토론하도록 해, 각 부서의 실행계획을 전체가 공유하도록 했다. 이로써 천문(연) 최초로 사명과 비전, 핵심가치, 전략과제, 부서별 실천계획을 정렬한 장기계획을 수립하는 11개월간의 대장정이 마무리되었다.

2006년 천문(연) 10대 뉴스 선정 설문에서 '중장기발전전략 혁신 로드맵 수립'이 지지율 77%로 4위를 기록했다. 전체 직원이 11개월간 수차례의 1박 2일 워크숍을 열며 함께 고생해 만든 계획이라 그만큼 애착이 간 결과다. 중장기 계획을 만드는 동안 혁신위원들은 50여 차례의 혁신위원회를 열어 가며 혼연일체의 열정을 보였다.

6) 중장기발전계획을 실천하여 기적을 체험하다

2006년에 수립한 중장기 계획대로 2007년의 예산과 인력을 편성하여 본격적으로 중장기 계획을 실행하였다. 2007년부터 8년간의 천문(연) 경영은 이 중장기발전전략 로드맵을 일관성 있게 하나하나씩 실행하고 그 결과를 얻어 가는 과정이었다. 기관장이 거의 3년 혹은 드물게 6년마다 바뀌는 출연(연)의 현실에서 한 계획이 8년간 지속된 것은 유래를 찾아보기 힘든 경우에 속한다.

천문(연) 중장기 계획의 전략체계도는 '역량강화', '전략경영', '고객만족', '성과창출'이라는 관점에서 총 9개의 전략과제로 구성되었다.

역량강화 부문에는 2개의 전략과제가 배치되었다. 전략과제 '선진지식경영시스템(KMS) 강화'는 2014년에 통합정보시스템 구축으로 완성되었다. 또한 '전략적 인적자원관리 시스템 강화' 전략과제는 신입직원 교육과 교육 학점제 도입, 채용시스템과 평가제도의 선진화, 직무 순환제 도입, 리더급 과학자 유치 프로그램 실시, 연구연가 확대 등의 프로그램에 녹아들었다.

전략경영 부문에도 2개의 전략과제가 배치되었다. '미래 창조적 정책네트워크 강화' 전략과제는 정책 조직과 인력의 강화, 국내외 정책자문위원회 운영, 포럼 '하늘과 별' 운영 등으로 실천되었다. 특히 정책기능이 전무했던 상황에서 정책전문가를 영입하여 정책 전담 부서를 별도로 만들고 신규인력을 투입한 것이 큰 효과를 봤다. 현재는 천문우주 정책과 관련한 다수의 보고서가 매년 발간되는 수준에 이르렀다. 한 조직에서 머리 역할을 해야 하는 전담 부서가 그동안 없었다는 것이 지금도 이해가 안 된다.

'연구협력 강화' 전략과제는 천문·우주분야 국내 7개 대학과 연구협력 확대 프로그램으로 발전하였다. 특히 국제적인 연구협력이 대폭 확대되어 동아시아지역 4개국 천문대장 모임이 정례화되었다. 지름 25m급 세계 최대의 거대마젤란망원경 등 국제적인 천문우주관측시설 구축사업에 참여하는 성과를 이루었다.

고객만족 부문의 '고객 중심의 서비스 제공' 전략과제도 매년 국가에서 실시하는 공공기관 고객만족 평가에서 상위에 위치하는 성과를 이루었다.

성과창출 부문에는 총 4개의 전략과제가 배치되었다. 그중 하나인 '대형 R&D 사업 수행' 전략과제는 천문(연)의 규모를 확대하는 차원에서 설정되었다. 이 전략과제 시행으로 총규모 300억 원을 초과하는 대형연구사업을 2개 이상 신규로 수행한다는 목표를 무난히 달성하는 쾌거를 이루었다. 이 전략과제의 목표를 설정할 당시 불가능하다고 우려했던 목표들이 모두 달성되는 기적을 체험하면서 계획을 세우면 실현된다는 신념을 가지게 되었다.

'국가 사회적 현안해결을 위한 연구개발' 전략과제는 천문(연)이 출연(연)으로서 국가 발전에 필요한 공익적인 역할을 해야 한다는 취지에서 설정되었다. 국가로부터 우주감시 전문연구기관으로 지정되어야 한다는 목표를 세웠는데 그 목표를 중장기발전계획에 명시한 대로 2014년에 달성하는 또 하나의 기적을 이뤄냈다.

'국제선도연구그룹 육성'의 경우 2014년까지 세계적으로 인정받는 1개 이상의 선도연구그룹을 보유하는 것이 목표다. 2개의 선도연구그룹이 지난 7년간 잘 육성되어 조만간 목표를 달성하리라 기대된다.

성과부문의 마지막 전략과제인 '천문우주 핵심기술 그룹 육성' 전략과제도 계획대로 이행되어 적외선분광기 개발과 전파천문수신기 개발 연구그룹이 특성화되어 목표대로 잘 육성되고 있다. 지금은 우리의 기술로 외국으로부터 기술용역을 받은 수준까지 올라가 있는 상태다.

결국 중장기 계획대로 모든 것이 실현되는 꿈 같은 기적이 일어났다. 중장기 계획의 실천을 통해 천문(연)은 지난 8년간 예산이 3.3배 증가했고, 인력은 1.7배, 연구성과 중 하나인 SCI 논문이 1.7배 늘었다. 중장기 계획을 수립하기 전 내걸었던 혁신 슬로건 'KASI 두 배 키우기'가 8년 만에 얼추 이루어진 셈이다. 그 당시 시골의 조그만 구멍가게 같았던 기관의 모습이 8년 만에 중견기업 수준으로 우뚝 서게 된 것은 중장기 계획을 꾸준히 실천하여 얻은 결실이다. 개인적으로 문질빈 원장은 부원장 때 계획을 세우고 원장 때 그 계획의 열매를 따 먹는 행운을 누렸다.

환경이 마음을
바꾼다

출연(연)의 신임 기관장을 임기 시작 하루나 이틀 전에 선임하여 발표하는 게 관례였다. 그래서 신임 기관장은 취임사도 제대로 쓸 시간이 없는 형편이다. 외국 연구기관의 경우 몇 달 전에 선임하여 충분히 준비할 수 있는 시간을 주는 반면 우리나라는 그와 다른 체제이다. 하지만 문질빈 원장은 이례적으로 임기 시작 20일 전에 선임되어 여유롭게 신임 원장에 취임할 수 있는 행운이 따랐다.

덕분에 집무 시작 전에 원장실을 미리 둘러보고 자신의 취향에 맞게 원장실을 꾸릴 수 있는 시간을 얻었다. 부원장을 맡으면서 수시로 드나들던 원장실이건만 그날따라 왠지 눈에 거슬리는 것이 많이 보였다. 특히 원장실 내에 전선들이 여러 군데 삐죽삐죽 나와 있어 접견실을 겸해 쓰고 있는 집무실이 너저분해 보였다. 사진을 찍어 두고 시설 담당을 불러 전선들이 보이지 않게 조치하라고 했다. 돈을 더 들인 것도 아니고 단지 전선들을 보이지 않게 숨겼을 뿐인데 집무실이 훨씬 더 깔끔해 보였다. 지난 6년간 원장 집무실을 수없이 드나들었는데 왜 그동안에는 안 보였을까? 이게 주인의식의 차이란 말인가? 이런 일부터 개선하게 되면 우리의 마음과 자세도 변할 거 같았다.

그는 직접 '일류와 이류'라는 파워포인트 자료를 만들어 이 사례를 직원들의 의식전환 교육 자료로 활용했다. 그는 취임 후 간부 워크숍과 부서별 간담회 때마다 이 자료를 보여줬다.

"여러분, 이 슬라이드 안에 있는 두 개의 사진을 보시겠습니까? 두 사진은 원장실 내부의 같은 곳을 찍은 것인데 뭐가 다른가요? 여러분이 보기엔 어느 쪽이 나아 보입니까?"

원장실 바닥과 천장 등 6곳의 사진을 비교하며 보여줬다. 처음엔 두 사진 사이에 무엇이 다른지 잘 모르다가 하나를 설명해 주니 다들 나머지 다섯 곳의 다른 점을 쉽게 발견했다.

"여러분이 보신 대로 단지 삐죽 나온 전선만 숨겼을 뿐인데 집무실 분위기가 얼마나 달라졌습니까? 백화점에서 파는 비싼 옷과 일반 시장에서 파는 싼 옷의 차이는 단지 소매에 삐죽 나온 실밥이 있느냐 없느냐로 판가름난다고 합니다. 일류와 이류는 큰 것이 아닌 사소한 차이에서 판가름난다는 거지요. 우리가 각자 맡은 분야에서 주인의식을 가지고 조금만 더 신경 쓰고 개선하면 우리도 일류기관이 될 수 있습니다."

그의 발표는 직원들에게 큰 충격을 주었다. 그동안 무심코 지나쳤던 일이 없었는지 각자 되돌아보는 계기가 되었다. 우리도 조금 더 신경을 쓰면 얼마든지 일류기관을 만들 수 있다는 자신감을 불어 넣었다. 나중에 들은 얘기로는 특히 시설팀이 가장 큰 충격을 받았다고 한다. 시설팀의 눈빛과 업무 태도가 확연하게 달라진 것을 그도 느낄 수 있었다.

건축한 지 12년이 된 천문(연)의 본관엔 층별로 남녀화장실 한 개씩 총 여섯 개가 있다. 십여 년 전에 지은 거라 환풍도 냉난방 시설도 잘 안 돼 여름에는 덥고 악취가 심했으며 겨울에는 추워 중요한 일을 보기가 힘들었다. 또한 화장실의 칸막이와 바닥, 세면대 등이 시골의 경로당이나 공중화장실 수준이었다. 평소 화장실에 불만이 컸던 문질빈 원장은 화장실을 반드시 바꾸겠다고 이미 염두에 두고 있었다. 예산을 검토해 보니 제법 비용이 많이 들어 화장실을 층별로 차근차근 바꾸기로 했다.

화장실은 직원들이 매일 드나드는 공간이므로 화장실을 백화점 수준으로 바꾸면 직원들의 의식도 변하고 쾌적함을 느껴 직장 만족도와 자부심도 올라갈 게 분명했다. 또한 학생을 비롯한 외부인들이 화장실을 통해 천문(연)과 천문우주학에 대한 이미지를 갖게 될 거라는 생각에 미치자 한 치도 망설일 일이 아니었다. 어느 날 중견급 연구원이 씩씩거리며 원장실로 불쑥 들어오며 따지듯 말했다.

"아니, 원장님, 일부 연구자들은 연구비가 모자란 형편인데 멀쩡한 화장실을 뜯어고쳐 왜 예산을 낭비합니까?"

마치 다른 연구원들의 대변인이라도 된 양 충고하듯 의기양양하게 내뱉었다. 문질빈 원장은 참 무례하다는 생각을 하면서도 웃는 얼굴로 대답했다.

"이 박사님, 진정하세요. 이번에 화장실을 개조하는 데 쓰는 예산은 연구비와 상관없는 노후시설 개선비입니다."

"오신 김에 한 가지 물어봐도 될까요? 이 박사님은 현재 우리가 쓰고 있는 화장실에 만족하시나요? 제가 보기에는 길거리 공중화장실이 우리 화장실보다 나은 거 같은데요. 이 박사님, 고급 호텔이나 백화점 화장실을 가보면 어떤 기분이 드세요? '역시 백화점은 다르군!' 하며 탄복하지 않습니까? 우리도 그런 화장실 가지면 안 됩니까? 이젠 우리의 생각도 바꿔야 하지 않을까요?"

원장의 되받아치는 질문에 그는 머쓱한 표정을 지으며 아무 얘기도 못하고 말없이 나갔다.

이 박사와 같은 생각을 가진 사람들이 내부에 많을 거라고 생각했다. 하지만 새 화장실을 써 보면 생각이 바뀌겠지 하며 그들의 의견을 무시하기로 했다. 나라별 행복지수를 측정해 보니 아프리카 지역 나라들의 행복지수가 높게 나타났다는 신문 기사가 떠올랐다. 바깥 세상을 보지 못하면 내가 가장 잘 사는 줄 알기 때문이다. 역시 예상이 적중했다. 화장실을 바꾸니 여기저기서 왜 우리 층은 바꿔 주지 않느냐고 야단들이었다. 올해 예산 범위에서는 한 층밖에 할 수 없으니 내년에 다 바꿔 주겠다고 간신히 설득해서 돌려보냈고 그 약속을 지켰다. 평소 천문(연)을 자주 방문하던 대학교수나 자문위원들이 화장실을 써보고 한마디씩 했다.

"문 원장님, 요즘 천문(연)이 점점 좋아지는 거 같네요. 화장실이 바뀌니 천문(연)이 확 달라 보이는군요. 누구 아이디어입니까? 참 잘하셨습니다."

3년간의 원장 임기를 끝낸 후 연구부서의 어떤 박사가 찾아와 다음과 같이 말했다.

"원장님께서 임기 동안 많은 업적을 남기셨고 특히 천문(연)의 환경이 자부심을 가질 정도로 많이 개선되었습니다. 그중에서 화장실을 바꾼 것은 정말 잘하신 일입니다."

박정희 대통령 시절 새마을 운동을 할 때 초가지붕을 바꾸는 등 왜 환경개선 사업을 대대적으로 했는지 이해가 갔다. 환경이 바뀌면 마음도 바뀐다.

화장실 개선에 이어 임기가 만료될 때까지 10여 가지의 환경개선 사업을 꾸준히 진행했다. 동네 우체국장실 같던 원장실을 대폭 개선하여 집무실과 접견실로 분리시키고, 비서실과 탕비실을 새롭게 꾸미며 비서부터 자긍심을 갖고 일하는 환경을 만들었다. 또한 원장실 복도를 새롭게 정비하고 본부 건물인 세종홀 로비를 확 트이고 환하게 바꿔 직원들과 외부 손님들에게 개방적인 생각이 들게 했다. 본부 건물의 이미지가 그 기관의 이미지를 좌우한다는 생각에 이런 일들을 일사천리로 진행했다.

2012년 9월에 준공한 3층짜리 연구동 건물 2층에 전망 좋은 휴게실을 만들고 3층에 '카페 별'을 꾸몄다. 향긋한 커피 등을 마시며 연구자들이 언제든 서로 담소할 수 있는 공간을 만든 것이다. 선진 연구기관에 못지않은 연구 환경을 제공하고 싶었다. 특히 에너지 1등급 건물로 지은 장영실홀은 항상 쾌적하고 깔끔하게 관리되었다. 연구자들 스스로가 이 정도 연구 환경이면 세계 어디와 견주어도 손색이 없다며 자부심이 대단하다. 천문학 분야는 국제 교류가 매우 활발한 분야인데 천문(연)에서 근무하고 있는 20여 명의 외국 연구자들도 매우 만족스러워하는 표정이다.

뭔가 천문(연)만의 자랑거리를 만들어야겠다는 생각에 장영실 홀을 건설하고 남은 낙찰 차액을 활용했다. 장영실홀 주변에 운동시설, 바비큐장, 산책로, 농장, 캠핑장을 겸한 가족 친화 종합복지시설을 만들었다. 주말에 가족이 함께 와서 농사도 짓고, 식사도 하며, 운동도 하고, 캠핑도 즐기는 모습을 볼 때마다 흐뭇하다. 직원의 가족인 부모나 배우자, 자식들이 천문(연)을 자랑스럽게 생각할 때 직원들이 직장에 더 자긍심을 갖고 일하기 마련이다.

미래의 희망인 젊은 직원들과 여직원을 위해 가건물을 개조하여 탁구장, 요가장, 헬스장, 샤워장을 갖춘 '해와 달'이라는 체력단련장을 별도로 제공했다.

문질빈 원장이 마지막으로 한 환경개선 사업은 천문(연) 정문을 세련되고 고급스러운 디자인으로 바꾼 것이다. 야간에는 우주를 상징하는 조명도 켜져 지나가는 사람이 보면 이곳이 우주를 연구하는 곳임을 연상케 할 정도다. 천문(연) 앞으로 출퇴근하는 다른 출연(연)의 지인들이 정문이 멋있게 단장되었다고 칭찬할 때마다 왠지 기분이 우쭐해진다.

원장 취임 이후 2년여에 걸쳐 꾸준하게 진행한 환경개선 사업을 통해 직원들의 직장에 대한 자긍심이 많이 고취되었음을 직간접으로 느끼곤 한다. 언젠가 이 자부심들이 결집되어 세계 최고의 연구 성과로 결실을 맺는 날이 오리라 확신한다. 외부에서 보는 천문(연)에 대한 이미지와 시각도 그동안 많이 바뀌어 이제 천문(연)이 중소기업이 아닌 중견기업의 모습을 갖췄다는 얘기를 종종 듣곤 한다.

전체상황을 한눈에 파악하는
시스템 구축

기관을 경영하다 보면 수시로 상황을 파악하고 판단을 내려야 한다. 그때마다 담당자를 불러 자료를 만들어 오라고 지시하는 것이 비효율적이라고 생각한다. 또한 부장급 이상 핵심 경영진은 기관 전체의 정보를 공유하고 함께 판단해야 한다. 기관의 핵심 경영자로서 기관 전체의 예산과 인력, 성과, 홍보 등에 관한 현황과 추세를 한눈에 파악할 수 있는 시스템이 필요했다.

문질빈 원장은 공군 작전사령부를 방문한 적이 있다. 그때 현재 어떤 비행기가 우리나라 상공에 있는지 한눈에 파악할 수 있는 대형 상황판을 보고 천문(연)도 그런 시스템을 갖추면 좋겠다고 생각했다.

천문(연)의 '전략적 의사결정 지원시스템(SDSS)'은 이런 배경에서 만들어졌다. 이 시스템은 크게 목표지표, 투입지표, 과정지표, 산출지표, 성과지표로 구분되어 있다. 이 시스템을 통해 천문(연) 전체와 부서별 인력 운용 현황을 여러 각도에서 그래프와 통계 수치로 동시에 파악할 수 있다.

또한 지난 10여 년간의 축적 자료를 이용하여 인력에 관한 연도별 변화 추세도 한눈에 볼 수 있다. 마찬가지로 예산에 대해서도 매년 예산의 증가율과 예산의 세부 항목별 구성비, 부서별 분야별 예산 투입 현황, 예산 집행률 등을 쉽게 파악할 수 있도록 했다. 또한 논문과 특허 등 연구성과에 관해서도 목표 달성률, 질적인 우수성 등을 판단할 수 있다. 아울러 연구성과의 언론홍보와 고객만족도 추이, 내부 평가시스템의 건실성, 교육실시 현황 등의 점검이 한눈에 가능하게 되었다.

경영적 판단을 자료에 근거해서 비교적 신속하고 정확하게 하고자 했던 본래 취지 외에 국회나 정부로부터 수시로 쏟아지는 자료 요청에 대해서도 빨리 대응할 수 있는 부가적 성과도 이루었다. 처음에는 이 시스템을 핵심 경영진만 공유하다 전체 직원에게 공개하도록 해서 관심 있는 일반 직원들도 천문(연)의 살림을 쉽게 이해할 수 있도록 했다.

전체 직원과
개별 면담을 하다

문질빈 원장은 원장이 되기 여섯 달 전에 서울에서 기신정 대표를 만나 저녁을 먹었다. 혁신과 중장기 계획 수립이라는 일 때문에 만났지만 몇 년간 같이 파트너로서 일하다 보니 신뢰가 생겨 속내를 서로 이야기하는 관계가 되었다.

"이번에 원장 공모에 나가실 거죠?"

기신정 대표가 당연한 듯 말했다.

"예, 나가려고 생각 중입니다."

"만약 원장이 되면 무얼 하고 싶으세요?"

"이것저것 할 게 많죠. 우리가 어렵게 수립한 중장기 계획을 제대로 실행해서 천문(연)의 비전인 세계 일류 연구기관으로 쭉쭉 뻗어갈 수 있는 발판을 제대로 만들고 싶어요."

"잘하실 겁니다. 저도 응원하겠습니다."

"그런데 원장이 되면 한 가지 꼭 하고 싶은 게 있어요."

"그게 뭐지요?"

기신정 대표는 호기심 어린 눈으로 그의 눈을 쳐다보았다.

"우리 직원들과 1:1로 만나 얘기도 나누고 식사도 함께하고 싶은데 가능할지 모르겠어요."

"아, 그거 좋은 생각입니다. 직원들과 소통하기엔 그만한 것이 없죠. 제가 아는 기업체 사장님도 직원들과 1:1 면담을 추진하신 분이 계셨어요. 하지만 3분의 2 정도 하다가 그만두셨어요. 막상 해보면 그게 말처럼 쉬운 일이 아닌가 봐요. 하지만 분명 의미 있는 시도라고 생각합니다. 한번 꼭 해보시죠. 적극 추천합니다."

기신정 대표는 용기를 북돋워 주었다.

이 대화가 계기가 되어선지 전 직원이 강당에 모인 취임식에서 전체 직원과 1:1 면담을 하겠노라 말해 버리고 말았다. 임기 3년 동안 300명가량의 직원과 개별 만남이 충분히 가능하다고 생각해서 더럭 약속을 한 것이다. 막상 시작해 보니 얼마나 어마어마한 약속을 했는지 곧바로 깨달았다. 하지만 직원들에게 공약한지라 도중에 포기할 수도 없었다. 시간이 나는 대로 직원들과 만남을 이어 갔다. 마라톤 뛰는 기분이었지만 직원들과 1:1로 만나니 개인사도 나누게 되어 서로 가까워지는 계기가 되었다. 또한 그 직원이 소속한 부서 내에서 돌아가는 사정을 좀 더 자세히 알 수 있는 좋은 점도 생겼다.

비서를 통해 원장과 1:1 식사 약속이 잡히면 어떤 직원은 이미 면담을 끝낸 직원을 통해 분위기와 정보를 얻으려고 했다. 심지어 무슨 말을 해야 할지 걱정돼 잠도 제대로 못 잤다는 어떤 직원의 말을 들었을 때 이 일로 직원들에게 괜한 부담을 주는 게 아닌가 하고 후

회도 했다. 암만해도 원장과의 식사 겸 면담이 그렇게 편하지는 않을 게 분명하다. 그래선지 직원 중 두 사람은 식사는 하지 말고 면담만 하자고 했다. 문질빈 원장은 애서 부드러운 분위기를 만들려고 노력했고 가능한 업무 이야기를 하지 않으려 했다. 처음에는 어색하지만 시간이 지나 두 사람 사이의 장벽이 낮아지기 시작하면 직원들 입에서 업무에 관한 이야기가 자연스럽게 나온다. 대부분이 건의사항이었다. 그는 메모를 했다가 가능하면 건의를 들어주려고 노력했다. 직원과 면담 자리에서 건의사항에 대해 조치하겠다는 약속을 덥석 하지 말라고 부원장이 여러 번 경고했으나 그게 맘대로 안 되었다.

임기 3년 동안 221회에 걸쳐 직원과 1:1 식사 면담을 완수했다. 1:1 면담이 어려운 일부 연합대학원 학생과 박사후연수원, 외국인과는 몇몇이 모여 그룹 면담을 했다. 소백산천문대와 보현산천문대에 근무하는 원격지 직원에게 면담하러 오라고 할 수 없기에 그쪽으로 가서 단체로 만남의 시간을 가졌다. 결국 원장 임기 동안 300여 명의 전체 직원을 다 만난 셈이다. 지금 돌이켜 생각하면 무모했지만 직원 개개인에 대해 알아가는 항상 설레는 귀한 자리였다. 이런 1:1 면담 덕분인지 원장직을 끝내고 복귀한 후에도 스스럼없이 직원들과 서로 인사를 주고받는 관계가 유지되었다.

원장직을 끝내고 두 달 정도 지난 어느 날 한 중견 연구원이 찾아왔다.

"원장님, 저 원장님께 섭섭한 게 한 가지 있습니다."

원장직에서 물러난 지 얼마 안 된 지라 그 연구원은 '원장'이라고 호칭을 쓰며 불쑥 말했다. 그와 비교적 친하게 지내던 문질빈 원장은 내심 깜짝 놀라며 되물었다.

"박 박사가 내게 서운한 게 있다니, 뭐요? 난 박 박사에게 서운하게 한 적이 없는 거 같은데. 왠지 불안하네."

당황한 기색을 감추지 못하며 얘기했다.

"왕창 서운한 게 아니니 너무 겁먹지 마세요. 원장님께서 전 직원 1:1 식사 면담을 하시면서 왜 저하고는 안 하셨죠? 일부러 그러신 거 아니에요? 저 정말 섭섭했어요."

"아니, 내가 박 박사와 1:1 식사를 안 했다고? 그럴 리가 있나! 내가 하나하나 기록하면서 빠짐없이 면담을 다 했는데…."

문질빈 원장은 고개를 갸우뚱거리며 말했다.

"내가 기록을 한번 살펴봐야겠어. 만일 박 박사 말이 사실이라면 내가 사과하는 의미에서 박 박사에겐 특별히 근사한 저녁을 살게."

그가 가고 나서 기록을 면밀하게 검토해 보니 정말 그의 이름이 빠져 있었다. 평소 가깝게 지낸 터라 당연히 같이 식사를 했을 거라 짐작했는데 등잔 밑이 어두운 격이 되었던 것이다. 결국 원장 퇴임 후 저녁 식사를 하면서 철 지난 마지막 면담을 했다. 1:1 면담에 대해 직원들의 기대가 컸다는 것을 간접 경험하는 기분 좋은 실수였다. 원장을 하면서 가장 보람 있었던 일이 뭐냐 물으면 '전체 직원과 1:1 식사 면담'이라고 서슴없이 말할 것이다.

정부출연연구기관을
경영하며 겪은 에피소드

1) 닭장 국회

새벽 5시 이른 아침에 일어난 문질빈 원장은 오늘따라 출근 준비에 정성을 들인다. 가장 아끼는 검은색 계통의 정장에 흰 와이셔츠를 받쳐 입고 이에 어울리는 넥타이를 고르느라 눈과 손이 분주하다. 그가 평소 소탈한 옷차림을 즐긴다는 것을 아는 아내가 의아하다는 듯 한마디 거들고 나선다.

"오늘은 유난히 옷차림에 신경을 쓰네요. 오늘 무슨 중요한 일이 있어요? 외국에서 귀한 손님이라도 오나 보죠?"

"아니, 국회에 가는 날이야. 오늘 25개 출연(연) 전체가 국회에서 업무보고를 해야 하거든. 국회의원들에게 책잡히지 않으려면 격식있게 차려입어야 해."

넥타이를 매었다, 풀었다 하며 사뭇 긴장된 표정으로 대답한다.

"25개 기관이 모두 업무보고하려면 시간이 꽤 많이 걸리겠네요. 당신도 국회의원들 앞에서 발표하는 거예요? 어쩐지… 나 같으면 떨려서 말 한마디도 못할 텐데 아무튼 당신, 대단해요."

"글쎄, 내가 발표를 할지, 못할지는 가봐야 알아. 국회 일정이라는 게 정치적인 변수에 따라 달라지는 경우가 많거든."

"언제쯤 집에 돌아와요?"

"글쎄, 장담을 못 해. 오전 10시에 시작해서 운이 좋아 오후 6시쯤 끝나면 대전에 밤 8시나 9시경에 도착할 수 있을 거야. 하지만 재수 없으면 밤 12시에 끝나 내일 새벽에 올 수도 있으니 그리 알아요. 암튼 오늘은 하루 종일 벌서는 날이야."

부원장 시절부터 지난 수년간 국회에 여러 번 들락날락한 경험이 있는 그는 무거운 말을 남기며 내키지 않는 발걸음으로 전용차에 올랐다.

기타공공기관으로 분류된 출연(연) 원장의 업무상 매년 몇 차례 국회를 가야만 한다. 특히 예결산보고와 업무보고, 국정감사 때면 부모님이 돌아가신 애사를 제외한 어떤 경우라도 관련 상임위원회에 참석해야 한다. 국외 출장을 가거나 자녀 혼사 등의 경사로 빠지는 경우 일정을 바꾸든가 최소한 사전에 허락을 받지 않으면 경을 치를 각오를 해야 한다. 문제는 언제 상임위원회가 열릴지 모른다는 데 있다. 최악의 경우 회의 날짜가 겨우 며칠 전에 통보되기도 한다.

고속도로를 달리는 차창 너머로 한창 피어난 봄의 모습이 완연하다. 몇 달 전만 해도 백설로 덮였던 산들이 분홍빛 옷으로 갈아입은 모습은 멍하니 쳐다보기에도 좋다. 하지만 오늘 국회에서 하루 종일 지낼 생각을 하니 마음이 무거워진다. 촘촘한 쇠창살 구조물에 닭을 산더미처럼 가득 실은 화물차가 고속도로를 질주하는 모습이 문득 눈에 들어온다. 고속도로에서 가끔 보던 장면이지만 어디론가 팔려가거나 도계장으로 가는 닭이라 생각하고 그동안 무심코 지나쳐 왔다. 하지만 오늘은 다르다. 교도소의 독방 같은 좁은 공간에 옴짝달싹 못하고 갇힌 닭들이 쇠창살 사이로 머리를 내밀고 고단한 삶을 절규하는 듯했다. 오늘 국회에서 겪을 모습도 저 닭들과 같은 상황이라고 생각하니 왠지 인생이 슬퍼진다.

국회에서 열리는 상임위원회에는 회의 시작 1시간 전에 도착하는 것이 상례다. 문질빈 원장도 9시경에 국회에 도착했다. 국회 출입증을 바꾸는 검색대 앞에서 평소 친하게 지내던 재료전기연구원 김기동 원장을 만났다.

"김 원장님, 안녕하세요. 잘 지내시죠? 멀리 창원에서 오시느라 힘드셨겠네요."

"아, 문 원장님, 반갑습니다. 전 거리가 멀어 어제 와서 국회 근처 호텔에서 자고 오는 길입니다. 대전에서 새벽밥 먹고 오시느라 문 원장님이 더 고생하셨군요."

"시간이 좀 남았는데 3층에 가서 차라도 한잔할까요?"

"그럽시다."

국회 3층 휴게실엔 벌써 많은 기관장들이 삼삼오오 모여 커피를 마시며 담소를 나누고 있다. 30분쯤 지나 다들 5층 회의실로 향했다. 상임위원회 회의장 앞 복도는 발을 디디기 힘들 정도로 북적댔다. 상임위원회 소속 40여 개 기관마다 4명 정도 오고, 정부의 관련

부처에서도 과장급 이상이 거의 다 모이고, 거기에다 상임위원회 직원들과 국회의원 보좌관들과 기자들까지 좁은 복도에 뒤엉켜 있는 형국이다. 국회에는 20개 정도의 상임위원회가 가동되고 있다. 만일 여러 상임위원회가 동시에 열리기라도 하면 층마다 복도마다 까마귀색 정장을 입은 사람들로 인산인해를 이루곤 한다.

9시 50분이 되자 회의실 뒤편에 마련된 소속 기관장과 부처 장·차관을 비롯한 고위공무원 좌석이 대부분 가득 찼다. 공교롭게도 배정받은 자리가 뒤쪽 구석인데 늦게 도착한 한 기관장이 본인의 자리까지 가기 위해 연신 미안하다는 말을 하며 무릎 숲을 헤쳐 가는 모습이 안쓰럽다. 약 50평 크기의 회의실엔 국회의원 20여 명과 관련 부처 고위공무원과 산하 기관장 70여 명, 국회의원 보좌관과 기자 30여 명이 모여 회의를 한다. 약 130여 명이 모여 회의하기엔 좁은 공간이다. 국회의원을 제외한 다른 참석자 대부분은 비행기 일반석보다도 비좁은 자리에서 하루 종일 앉아 있어야 한다. 장관과 차관이 앉는 자리엔 탁자와 비교적 편안한 의자가 있어 비행기로 치면 비지니스석 정도가 된다. 하지만 뒤로 갈수록 상황이 나빠져 뒤에서 두세 줄부터는 접이식 의자가 놓이기도 한다. 회의실의 3분의 2가량을 회의 인원의 5분의 1도 안 되는 국회의원들이 차지하기 때문이다. 나머지 참석자들은 아침 10시부터 운이 나쁘면 저녁 12시까지 고속도로를 질주하는 닭 신세를 면할 수 없다. 재수가 없어 입구 저 건너편 구석 자리를 배정받으면 화장실에 가는 것도 꾹꾹 참으며 견뎌야 한다. 항공기 일반석보다 못한 좁은 공간을 헤쳐 나가면서 볼일을 본다는 것은 절체절명의 응급상황이거나 웬만한 강심장이 아니면 엄두도 못 낸다. 특히 여성 기관장의 경우 50대 후반이 되면 생리적으로 화장실을 자주 갈 수밖에 없는데 입구에서 먼 뒷자리를 배정받게 되면 여간 곤욕이 아닐 수 없다. 회의 중간에 정해진 시간마다 휴식시간이 있는 것도 아니고 여야가 맞붙어서 언쟁을 하다 보면 휴식시간 없이 2시간을 훌쩍 넘기는 경우가 허다하다. 물론 회의를 주재하는 상임위원장은 회의 중간에 필요하면 화장실도 자유롭게 갔다 오라고 배려한다. 그러나 주로 야단맞고 호통치는 회의실 분위기는 위원장의 배려를 공염불로 만들기 일쑤다.

회의 공고 시간인 10시가 되었지만 회의장엔 소속 기관장들과 정부부처 장·차관과 고위공무원들만 뒤쪽에 빼곡히 앉아 있고, 이 자리의 주인공인 국회의원들은 두세 명만 나와 있다. 정해진 시간이 되면 참석자가 다 모여 회의를 시작하는 것이 상례이나 국회에선 주인공이 늦게 오는 이런 모습이 당연하게 여겨진다. 일반 사회에서 상식적으로 통용되는 규칙이 법을 만드는 이곳에서는 깡그리 무시되기 일쑤다.

예정된 시각보다 한 20분이 지난 후 상임위원회 위원장이 자리에 앉고 정족수의 과반이 조금 넘게 국회의원들이 착석하자 상임위원회 회의가 시작되었다.

"지금부터 교육과학기술부 산하기관의 업무보고를 위한 제3차 상임위원회를 시작하겠습니다. 이른 아침부터 멀리서 오신 소속 기관장님들께 위원장으로서 상임위원회를 대표하여 감사의 말씀을 드립니다."

"여야 간사에게 사전 양해를 얻어 참석하지 못한 일부 기관장들이 있어 호명합니다."

"오늘 불참 사유 중엔 남편 칠순 기념 해외여행 때문에 참석하지 못한다는 내용도 있어 정말 어처구니없습니다. 이 중차대한 국회 업무보고보다 개인적인 칠순여행이 더 중요하단 말입니까? 국회를 얕보는 처사라 여겨져 괘씸하기 짝이 없습니다. 아직 출국하지 않았으면 연락해서 당장 참석하라고 하세요."

위원장은 국회의 권위를 모독한 당사자를 가만두지 않겠다는 듯 얼굴이 빨개지며 흥분한 어조로 단호하게 명령했다. 위원장의 목소리 높이에 반비례해서 회의실 분위기는 숙연해지고 착 가라앉는다.

위원장은 잠깐 흥분을 가라앉힌 후 회의를 계속 진행했다.

"앞으로 이런 말도 안 되는 사유로 불참한다면 용서하지 않겠으니 그리 아시길 바랍니다."

삭히지 않은 분함의 나머지를 실어 칼을 품고 독백하듯 말했다.

"시간이 많지 않으니 업무보고는 각 출연(연)별로 할 게 아니라 25개 출연(연)을 총괄하는 국가과학기술연구회의 이사장께서 일괄적으로 하시길 바랍니다. 이어서 존경하는 의원님들의 질의응답을 진행하겠습니다."

이사장이 단상에 나와 미리 준비한 업무보고 자료를 20여 분에 걸쳐 읽음으로써 업무보고를 마쳤다. 이어 위원장의 회의 진행이 이어졌다.

"오늘 25명의 의원님께서 질의응답을 신청하셨습니다. 의원님 한 분당 7분의 질문과 5분의 보충질문, 필요하면 5분의 추가질문 시간을 드릴 예정이니 존경하는 위원님들께서는 원만한 회의 진행을 위해 배정된 질의응답 시간을 지켜주시길 부탁드립니다."

"제일 먼저 새나라당의 존경하는 김학이 의원님께서 질의해 주시길 바랍니다."

"위원장님, 의사진행 발언 있습니다."

야당인 큰정치당의 지시습 의원이 손을 들며 불쑥 소리치듯 말했다.

"존경하는 지시습 의원님, 말씀하시죠."

예기치 않은 갑작스러운 상황에 위원장이 당황스러워하며 말했다.

"어제 새나라당의 존경하는 최불역 의원님께서 우리 큰정치당의 존경하는 정열호 의원님께 인격을 모독하는 발언을 했는데 질의응답에 앞서 사과하길 제안합니다."

"사과라니요. 그게 무슨 인격모독 발언입니까? 오늘은 과학기술 분야 업무보고인데 교육 분야 업무보고 때 벌어진 일로 억지를 부리면 안 되지요. 위원장님, 그냥 질의응답 순서로 갑시다."

평소 다혈질인 여당의 한 의원이 불쾌한 듯 발언권도 얻지 않고 마이크도 없이 언성을 높여 발언했다.

어제 교육과학기술부의 교육관련 업무보고 때 첨예한 논쟁을 하다가 한 여당의원이 야당의원에게 심한 말을 한 모양이다. 사회적으로 과학 분야보다는 교육 분야에 더 관심이 많아 여야가 민감하게 대립각을 세우는 사안도 교육 분야가 훨씬 많다. 그래선지 상임위원회가 열리면 교육 분야에 대한 뜨거운 사안 때문에 과학기술 분야의 사안은 뒷전으로 밀리기 일쑤다. 정부부처 수를 줄인다고 과학기술과 교육 분야를 억지로 합치다 보니 교육에 밀려 과학기술이 주목을 받지 못하는 형국이 된 것이다. 오늘은 과학기술 분야의 소속기관 업무보고 자리임에도 불구하고 어제 교육 분야 업무보고에서 불거진 여야 싸움의 불똥이 오늘까지 번지는 양상이다. 국회에서 이런 일들이 다반사인 것을 아는 참석자들 사이에서 자조적인 웅성거림이 조용히 퍼져 나갔다.

"또 시작이군."

"오늘도 글렀어. 저렇게 싸우다가 언제 업무보고를 마친담."

"오전은 여야 싸움 구경하다가 시간을 다 보내게 생겼군."

"오늘도 일찍 가긴 글렀어. 또 새벽에 들어가게 생겼네."

"정말 지겹다."

참석자들의 우려대로 오전 대부분의 시간을 인격모독과 관련된 여야 의원들의 격렬한 언쟁으로 허비했다. 오전 시간 막판에 겨우 40분 정도의 질의응답이 오간 후 위원장은 2시간의 점심시간을 가진다며 정회를 선포했다. 국회에서 점심시간이 왜 2시간인지 모르겠지만 여기서는 모든 일에 시간의 구애를 받지 않는 듯하다. 그때까지 뒤쪽 좁은 곳에 갇힌 참석자들은 거의 3시간 동안 자리를 떠나지 못하고 숨죽이며 여야의 싸움을 지켜봐야 했다. 익숙하지 않은 길고 지루한 점심시간이 지나고 오후 2시 30분부터 더 지루한 업무보고가 재개되었다.

"큰정치당의 존경하는 유붕자 의원님, 질문해 주시죠."

"장관, 역사교과서 국정화에 대한 장관의 견해는 무엇입니까? 찬성입니까? 반대입니까? 둘 중의 하나로 말씀해 보세요."

야당 국회의원은 점심시간 내내 벼르고 왔다는 듯 과학기술분야와 상관없는 교육 관련 질문을 강압적인 말투로 던졌다.

"존경하는 의원님, 오늘은 과학기술분야 업무보고인데 역사교과서 국정화에 대한 견해를 밝히라고 하니 당혹스럽습니다."

장관은 정말 난처한 듯 말꼬리를 흘렸다.

"맞습니다. 존경하는 유붕자 의원님은 오늘의 주제와 상관없는 질문을 하며 역사교과서 국정화를 정치 이슈화하려고 하고 있습니다. 존경하는 위원장님! 이 질문을 국회 속기록에서 삭제하고 존경하는 유붕자 의원님에게 과학기술과 관련한 질문만을 하도록 요청해 주시길 바랍니다."

한 여당의원이 장관 편을 들며 속사포 같은 지원사격을 했다.

"아니 지금 '역사교과서 국정화'만큼 중요한 것이 뭐가 있습니까? 장관! 국민의 대표인 본 의원이 질문하면 대답을 해야 할 거 아니요? 어서 대답을 해봐요. 찬성이오, 반대요?"

여당의원의 갑작스러운 지원사격에 발끈한 야당의원이 장관을 향해 더욱 다그쳤다. 이렇듯 과학기술분야 업무보고에서조차 과학은 교육에 묻혀 실종되고 말았다. 국회의원들은 회의 내내 권위주의적인 태도로, 심지어 장관에게조차 심한 야단을 치며 막말까지 서슴지 않곤 한다. 그러니 뒷자리에 배석한 기관장들은 어떤 심정이겠는가. 국회의원들이 서로 호칭을 부를 때 습관처럼 '존경하는'이라는 수식어를 쓰면서 국회의원 외에 다른 사람들을 왜 존중해 주지 않는지 이해가 되지 않는다. 국회의원을 제외한 대부분의 참석자들은 야단 맞으러 왔으니 그렇게 취급하는 것이 당연하고, 그래야 국회의원의 권위가 서는 모양이다.

우여곡절 끝에 과학기술과 관련된 질의응답이 한동안 이어져 오후

회의 시작 후 2시간 반가량 지났다. 이때 갑자기 위원장의 격앙된 목소리가 스피커를 통해 흘러나왔다.

"거 뒤에, 가만있자…. 아! 화공연구원의 원방래 원장, 졸지 말아요. 이런 중요한 자리에 졸음이 와요? 또 통신기계연구원의 최락호 원장, 지금 회의에 집중하지 않고 뭐하는 겁니까? 책 읽어요? 여러분이 뭐하고 있는지 제 책상 모니터를 통해 다 보고 있으니 딴짓하지 말고 회의에 집중해 주길 바랍니다."

이 한마디에 뒷좌석이 일시에 술렁거렸다. 이렇듯 식후에 졸거나 딴짓을 하게 되면 위원장으로부터 체면 구겨가며 야단맞을 각오를 해야 한다. 좁은 공간에 밀집해 오래 앉아 있으면 산소가 부족해 가끔 현기증이 나기도 한다. 하지만 국회의원들은 본인의 발언이 끝나면 자유롭게 왔다 갔다 한다. 자리를 비우고 한참 후에야 오는 경우도 많다. 국회의원들이 늦게 들어와 회의가 늦게 시작되는 경우도 허다하다. 아니꼬우면 너희도 국회의원이 되어 보란 듯 말이다. 요즘 세간의 화두가 되고 있는 갑질의 전형이다. 그러니 국회가 존경을 받지 못하고 비난의 대상이 되는 것이다.

위원장은 호통을 친 것이 미안했던지 20분간의 휴식시간을 주며 정회를 선포한다. 이제 겨우 국회의원의 본 질문이 끝나고 아직 보충질문과 추가질문이 남아 있는 상태다. 이번 업무보고는 저녁을 먹고 밤늦게까지 이어질 게 불 보듯 뻔하다. 휴식 이후 1시간 정도 보충질문이 이어졌고 이어서 저녁 식사를 위해 1시간의 정회가 선포되었다. 저녁 시간은 점심과 달리 1시간밖에 주어지지 않아 대부분의 참석자가 국회 내에서 해결할 수밖에 없었다. 국회의원들이 도시락을 주문하여 먹는 모습도 간간이 보인다. 성급하게 저녁을 먹고 회의가 속개되었다. 바깥은 창문 너머로 자욱하게 어둠이 내려앉고 있다. 어둠의 색깔만큼 참석자들의 마음도 검회색으로 지쳐가고 있다. 보충질문과 추가질문으로 이루어진 저녁 회의 역시 장·차관과 연구기관을 통합 관리하는 연구회 이사장에게 집중되었다. 그러다가 가끔 양념치듯 몇몇 기관장에게 별 의미 없는 질문이 던져지고 거의 자정이 다 돼서야 맥없이 끝났고 말았다. 문질빈 원장은 오늘도 한마디도 못하고 하루 종일 앉아 있었다. 마음 한구석에서부터 피로에 물든 허탈감이 역류성 식도염처럼 역겹게 밀려왔다.

항상 그렇듯이 국회에서 개최되는 회의의 경우 참석자의 거의 3분의 2 이상은 하루 종일 한마디도 못한 채 좁은 공간에 갇혀 있는 경우가 허다하다. 국회의원들의 질문이 대부분 부처 장관이나 연구회 이사장에게 집중되기 때문이다. 지난 3년간 국회에 다니면서 딱 한 번, 그것도 별로 중요하지 않고 대답할 필요도 없는 질문을 받은 적이 있다. 국회의원들이 질문할 대상자를 미리 조사하여 해당자들만 오라고 하면 되는데 무조건 다 모이란다. 그래야 갑으로서의 위신이 빛나는 모양이다. 70여 명의 고위공직자와 우리나라 과학기술자를 대표하는 출연(연)의 수장들이 입 한 번 벙긋 못하고 하루 종일 벌을 서야 하니 얼마나 비효율적이고 국가적 낭비인가. 프랑스에서는 학술원 회원이나 학술원에서 초청한 인사가 행사에 참석하면 총리보다도 앞좌석을 배치하는 게 전통이란다. 하지만 우리나라의 실상은 프랑스와 정반대다. 왜 프랑스가 과학기술이 강한 선진국인지 수긍이 가고 부럽기만 하다. 국회의원의 눈으로 보기엔 이곳에 과학기술자는 없고 공공기관장만 있을 뿐이다.

국회 상임위원회에 출석하여 하루 종일 쪼그리고 앉아 있으면서 이런 엉뚱한 상상을 했다. '자리의 배치를 서로 바꿔 국회의원이 닭장 같은 자리에 앉거나, 모든 참석자들이 같은 수준의 자리에 앉아 대등한 위치에서 국정을 논한다면 얼마나 좋아 보일까?' 사소한 것 같지만 자리 배치만 바꿔도 분위기와 문화가 바뀔 것이다. 내 상상이 이루어진다면 아마 국회의원은 국민에게 존경의 대상이 될 거고, 국회는 대한민국을 대표하는 선진국 문화의 산실이라고 누구나 말하지 않을까? 상상만이라도 흐뭇하다.

2) 자료 폭탄 국정감사

8월 초, 문질빈 원장은 물 좋고 산 좋은 거창에서 가족과 함께 기분 좋은 여름휴가를 보냈다. 서울에서 대학과 직장을 다니는 두 아이들이 어렵게 시간을 내어 모두 합류한 덕에 모처럼 가족끼리 오붓한 시간을 보낼 수 있었다. 7년 전 가족을 데리고 캐나다로 연구파견을 갔다 온 후 처음 갖는 가족 휴가였기에 더욱 의미가 있었다. 이제 몇 년 안 있어 딸애가 시집을 가면 이번이 네 식구만의 마지막 가족 휴가가 될지도 모른다고 생각하니 순간순간을 소중하게 여기게되었다. 휴가를 마치고 가벼운 발걸음으로 출근하던 그는 기획부에서 일하는 30대 후반의 젊은 여성 팀장과 본관 로비에서 마주쳤다. 자그마한 체구지만 모든 일에 당차고 평소 활달하던 그녀의 초췌한 모습을 보고 그는 깜짝 놀랐다.

"최 팀장, 어디 아파요? 안색이 안 좋은데 무슨 일이라도…."

"아, 원장님. 별일 아니에요. 주말 내내 쉬지 못하고 일했더니 좀 피곤해서…. 제 모습이 엉망이죠?"

최보배 팀장은 보여서는 안 되는 것을 들킨 양 쑥스러워하며 가능한 빨리 자리를 피하려 했다.

"아니, 무슨 급한 일이 있기에 주말에 쉬지도 못하고 이 지경이 되도록 일을 해요? 몸도 생각해야지."

도무지 이해가 안 된다는 표정으로 안쓰러운 마음에 그녀를 가로막았다.

"국정감사가 다가오니 국회에서 자료제출 요구가 폭탄처럼 쏟아지네요. 요즘 저뿐만 아니라 저희 팀 전체가 비상입니다."

"그럼 휴가철에 휴가도 못 가고, 심지어 주말도 포기할 정도로 그렇게 많은 자료를 요구한다는 겁니까? 국정감사가 아직 두 달 이상이 남았는데…."

직원들은 바빠 휴가를 엄두도 못 내는데 혼자만 여름휴가를 갔다 온 것이 양심에 찔려 미안했다. 한편 최보배 팀장이 4살짜리 딸애도 팽개치고 일한다고 생각하니 가슴 한구석이 저며 왔다. 국정감사 때가 되면 자료를 제출하느라 정신이 없다는 것을 익히 알고 있다. 하지만 요즘 휴가철인데 이렇게까지 고생시키다니 분하고 화가 나며 국회가 미웠다.

"원장님, 저희 팀은 매년 이맘때가 제일 바쁜 시절이에요. 보통 국정감사 3개월 전인 7월부터 자료요구가 시작되어서 9월 말까지 이어

지죠. 특히 7월 하순부터 8월 말까지는 정신 못 차릴 정도로 폭주하거든요. 저희 기획팀은 여름휴가 포기한 지 오래되었습니다."

"도대체 얼마나 많은 자료를 어떻게 요구하기에 그래?"

말도 안 된다고 생각하며 최보배 팀장에게 분풀이하듯 툭 던졌다.

"해마다 우리가 속한 상임위원회 소속 20명 정도의 국회의원들이 자료를 요구해요. 보통 3년에서 5년간 자료를 내놓으라고 하지요. 심한 경우에는 10년 치 자료를 보내라고도 하고요. 예를 들어 지난 3년간 법인카드 사용 자료를 몽땅 요구하면 우리 기관의 경우 액수로는 약 30억 원이고 건수로는 3만여 건이 될 겁니다. 총 25개 과학기술 정부출연기관 중에서 우리 기관이 예산과 인력 규모 면에서 작은 기관에 속하니까 규모가 큰 기관의 경우 3년 치 자료가 아마 족히 30만 건 정도 될 거에요. 25개 기관이 3년간 사용한 법인카드 자료를 다 모으면 적어도 250만 건 정도 될 겁니다."

최보배 팀장이 양손을 어깨 너비 이상으로 벌려 250만 건이 매우 크다는 표현을 했다..

"250만 건이나 되는 그 방대한 자료를 다 볼 시간이나 있나? 국회의원마다 보좌관이 십여 명씩 있는 것도 아니고."

문질빈 원장이 고개를 갸우뚱하며 말끝을 흐리고 말했다.

"250만 건을 1초에 하나씩 보더라도 잠 안 자고 29일을 봐야 하니 아마 시간상 불가능할 겁니다. 문제는 국회의원마다 형식을 약간 달리해서 유사한 종류의 자료를 중복해서 요구한다는 거죠. 요구하는 입장에서는 25개 기관에 같은 자료를 일시에 요구하니 별것 아니지만, 제출하는 입장에서 보면 20명의 국회의원이 거의 유사한 자료를 형식만 약간 달리해 요구하니 미칠 지경이죠. 회의비 지출을 예로 들면 어떤 국회의원은 사용시각과 액수, 용도, 참석자, 업체명과 업종, 주소, 전화번호 등의 정보를 시간별로 정리해서 보내라고 하죠. 한편 다른 국회의원은 거의 같은 내용의 자료를 업종이나 용도별로 정리해 별도로 보내라고 합니다. 그러다 보니 국회의원이 요구한 형태로 자료 양식을 맞추는데 소요 시간의 반을 다 허비하게 돼요."

"같은 종류의 자료는 상임위원회 차원에서 한 번만 요구해서 공동으로 쓰고, 추가로 필요한 정보만 별도로 요구하면 될 텐데 왜 그러는지 모르겠어요. 자료를 제출하는 입장에서 볼 때 국회의원 20명이 각각 요구하는 자료의 70% 정도가 중복된 자료인데 국회에는 자료를 서로 공유하는 체제가 아예 없는 거 같아요. 중복 요구하는 자료를 국회 내에서 공유하기만 해도 국정감사 관련 업무량이 반 이하로 뚝 감소할 게 확실한데 말이에요. 우리는 업무를 할 때 효율성을 제일 중요하게 생각하는데 권력의 최상위기관인 국회는 효율성 따위엔 전혀 관심이 없어 보여요."

"또 퇴직자나 이직자, 여성과학기술인 등에 대해 매년 같은 자료를 요구하는 경우가 많아요. 각 기관의 경영과 관련한 대부분의 자료들은 매년 발간되는 '결산 보고서'와 정부가 만들어 놓은 '알리오' 시스템을 들여다보면 다 알 수 있어요. 하지만 이미 발표된 자료를 도무지 활용할 생각을 안 하고 앉아서 편하게 자료요구만 하는 꼴이죠."

최보배 팀장은 아무리 생각해도 도저히 납득이 안 된다는 듯 심하게 고개를 저으며 말했다.

"정말 심각하군. 최 팀장이 이해 못 할 만도 해. 국회의원마다 대략 몇 가지 자료를 요구하지?"

"그것도 국회의원마다 달라요. 정확히 얘기하자면 국회의원 보좌관마다 다르죠. 한 국회의원이 200여 가지 자료를 요구하는 경우도 있었어요. 우리가 속한 상임위원회의 경우 한 해 평균 1천 가지 정도의 자료를 요구하는 거 같아요. 국회의원 4년 임기 중 첫해에는 2천 가지가량의 자료를 요구하며 의욕을 보이죠. 그러다가 시간이 지나면서 점점 줄어드는 경향을 보여요."

"하지만 국정감사가 끝나면 폐기하고 말 일회용 자료를 다 쓰지도 않을 거면서 무리하게 요구하는 거 같아요. 국회의원 보좌관 입장에선 국정감사 자료를 산더미처럼 쌓아만 놓고 '내가 이렇게 많은 일을 했습니다.'라고 실적을 과시하고 싶겠지요. 심지어 지난번에 제출한 자료를 또 요구하는 경우도 있어요. 무지막지하게 자료를 요구하다 보니 본인이 자료를 요구한 것조차 까먹는 거죠. 본인이 마치 국회의원인 양 목에 힘주고 지시하는 보좌관들도 꼴불견이에요."

"우리에게 정말 고달픈 건 그 많은 자료를 짧은 시간 내에 제출해야 하고, 매년 특정 몇 달간 집중해서 요구한다는 거예요."

"자료를 요구해서 제출하기까지 얼마만큼의 시간을 주지?"

정말 궁금해서 문질빈 원장이 물었다.

"자료의 성격과 국회의원마다 다르지만 자료를 만드는 우리 입장에서 볼 때 보통 3일 이내의 시간을 주는 거 같아요. 하지만 국회의원 입장에서 보면 관할 부처에 자료를 요구할 때 넉넉하게 시간을 준다고 생각할 겁니다. 예를 들어 국회에서 관할 부처로 2주 정도의 시간을 주고 자료를 요구했다고 쳐요. 부처는 출연(연)을 관할하는 연구회에 요구사항을 전달하면서 부처에서 취합하여 조정할 시간을 감안하여 11일 이내에 자료를 제출하라고 하죠. 연구회도 역시 25개 기관의 자료를 취합 조정해야 하니 출연(연)의 기획팀에 7일 이내에 제출하라고 할 거예요. 출연(연)의 국정감사 주무부서인 기획팀에서도 취합 조정해야 하니 관련 부서에 4일 이내에 자료를 만들어 내라고 하죠. 이런 단계를 거치다 보니 정작 자료를 만들어 내는 담당자 입장에서는 3일 안팎밖에 시간이 없게 되어 항상 시간에 쫓길 수밖에 없게 돼요. 그래서 이때쯤 되면 주말 작업을 할 수밖에 없어요."

"국정감사 날짜가 점점 다가오면 주말이나 한밤중도 가리지 않고 수시로 문자로 연락해서 한두 시간 안에 자료를 제출하라고 하는 경우도 비일비재해요. 집에서 애를 보거나 심지어 장을 볼 때도 국회에서 자료요구 문자가 왔을지 몰라 휴대전화를 자꾸 보게 되니 항상 긴장 상태에서 지낼 수밖에 없어요. 거의 한 달간을 휴식 없는 상태로 지내다 보면 만성 피로에 시달리고 쉽게 지치게 돼요."

울고 싶을 때 뺨 맞은 듯이 그동안 쌓인 한을 거침없이 풀어내는 최보배 팀장을 물끄러미 바라보며 문질빈 원장은 가슴 한쪽이 먹먹해졌다.

"최 팀장, 힘내요."

최보배 팀장의 어깨 위로 이 한마디를 남기고 그는 원장실로 무거운 발걸음을 옮겼다. 국정감사를 준비하기 위해 얼마나 많은 직원들이 휴일 밤낮없이 고생하는지를 잘 몰랐던 자신이 부끄러웠다.

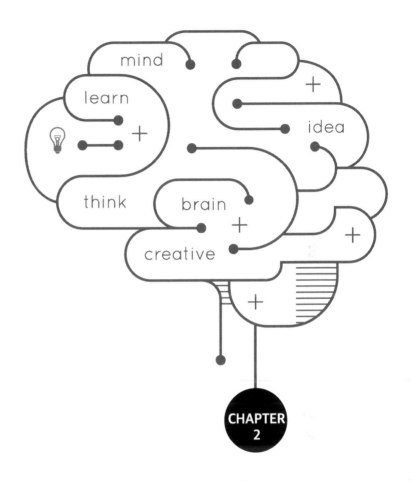

CHAPTER
2

과학자로서 지식인으로서
우리 사회에
하고 싶은 이야기

세계 유일의 핵심기술이
세계를 지배한다

2013년 8월, 미국 애리조나 주 투손에서 열린 특별한 행사에 참석했다. 한국, 미국, 호주의 열 개 기관이 함께 개발하고 있는 세계 최대급 차세대 광학망원경 '거대마젤란망원경(GMT)'에 쓸 세 번째 반사거울의 주물을 뜨는 행사였다. 이는 지름 8.4m 반사거울 7개를 벌집 모양으로 붙여 지름 25m 천체망원경을 만드는 작업 중 중요한 하나로, 마침 이 행사에 GMT에 참여하는 10개 기관의 기관장이 모두 참석했다. 반사거울 하나를 완성하는데 1년 6개월 정도가 걸리기 때문에 그때마다 이런 행사를 갖는다고 한다. 주물 뜨는 게 뭐가 중요하기에 10개 기관장이 미국에서도 변방의 사막 지역인 투손에 모두 모이는 호들갑이냐고 의아해할 수도 있다. 하지만 이 행사의 내막을 알고 보면, 우리가 큰일을 앞두고 지내는 고사와 같은 심정으로 치러지는 중요한 것임을 이해할 수 있다.

현재 인류가 만들어 낼 수 있는 가장 큰 반사거울 크기는 8.4m다.

그것도 미국의 애리조나 대학만이 만들어 낼 수 있다. 대학 내에 미국 국립광학천문대가 있을 정도로 애리조나 대학은 광학망원경 제작 분야의 세계적인 메카나 다름없다. 반사거울을 제작하는 과정을 살펴보면, 먼저 8.4m 원형 틀에 유리 덩어리와 같은 투명한 원재료를 숙련된 기술자들이 고르게 쌓아 놓는다. 원형 틀을 섭씨 1,165도까지 서서히 가열하면서 회전시키면 유리 덩어리가 녹으며 오목거울 형태를 만들 수 있다. 앞면은 균일한 오목 면이고 뒷면은 경량화를 위해 벌집 모양으로 파낸 형태의 초기거울을 상온으로 식히는 작업도 절대 만만치 않다. 무게가 무려 2톤이나 나가는 초기거울에 기포가 하나라도 생기면 안 되는, 무척 까다로운 공정이기 때문이다. 이렇게 주물로 뜬 지름 8.4m짜리 초기거울 표면을 조금씩 깎아 내고 측정하기를 수만 번 반복해야 비로소 머리카락 굵기 십만 분의 1에 해당하는 나노미터 정밀도의 매끈한 반사거울을 만들 수 있다.

여기에서 또 하나 주목할 사실은 반사거울을 만드는 유리 덩어리 원재료를 일본의 '오하라'라는 회사만이 세계에서 유일하게 공급할 수 있다는 것이다. 결국 애리조나 대학과 오하라 회사가 없다면 약 1조 원이 드는 세계 최대급 망원경을 만드는 것이 불가능하다는 얘기다. 결국 전 세계 천문학자들이 우주의 근원적 의문에 과학으로 답하려는 아이디어와 열정은 이 두 기관이 가진 기술로 구현되는 것이다. 이는 한마디로 히든챔피언 기술이다. 세계 유일의 독보적인 핵심 기술이 세계를 지배하고 있는 현실이 기초과학의 대표 격인 천문학에서도 존재한다는 사실을 이번에 경험했다.

천문(연)도 전파천문학 분야에서 히든챔피언 기술을 보유하고 있다. 우주를 4가지 주파수로 동시에 관측할 수 있는 기술이다. 이제까지는 주파수별로 따로따로 관측하는 기술만이 존재했다면, 10여 년간의 한국우주전파관측망(KVN) 사업을 통해 이제 우주를 좀 더 신속하고 입체적으로 관측할 수 있는 세계 유일의 독보적인 기술을 구현해 냈다. 마치 1개의 눈으로 사물을 보다가 4개의 눈으로 보는 것과 다름없는 기술이다. 의학을 예를 들면, 청진기로 병을 검진하다가 X선은 물론 MRI와 CT를 통해 동시에 검진하는 것과 비교할 수 있다. 이런 우리 기술의 효용성과 독창성이 세계 천문학계에 소문이 나자 이웃 일본, 중국을 비롯한 세계 각지에서 자국의 전파망원경에 우리 기술을 심어 달라는 관심과 요청이 쇄도하고 있다. 우리의 기술로 세계 전파망원경 수신기 분야를 석권할 날이 머지않은 것 같다. 우리나라 출연(연)과 중소기업에서 이와 같은 독보적인 기술이 많이 나와 대한민국이 세계의 히든챔피언이 되길 희망한다.

못 말리는 천문학자들의 열정

천문학은 미래를 향한 도전의 학문이다. 역사상 인류의 사고와 지식의 지평을 여는 선구자 역할을 해왔고, 지금도 그 임무에 충실하기 위해 극한의 최첨단 기술에 도전하고 있다. 우주를 좀 더 이해하려는 욕심에 천문학자들은 일반인들이 도저히 상상할 수 없는 일들을 꿈꾸고, 세계 도처에서 불가능해 보이는 일들을 벌이고 있다. 천문학자들은 가능한 한 더 먼 우주를 정밀하게 관측하기 위해 도시 불빛의 방해와 구름 등 기상의 영향이 거의 없는 3천m 이상 고산과 사막 등의 오지를 서슴없이 선택한다. 이런 조건을 만족하는 지상의 최적지로 현재 하와이와 칠레가 손꼽힌다. 그래서 세계 최대급 천체망원경 대부분이 이 두 곳에 집중돼 운영 중이고 또한 차세대 거대 망원경들 역시 이곳에 설치될 예정이다. 우리나라와 미국, 호주가 함께 개발 중인 지름 25m급 세계 최대 망원경인 '거대마젤란망원경(GMT)'도 2021년에 칠레 중부 라스 캄파나스에 세워진다. 또한 미국과 유럽, 일본, 중국 등이 참여할 예정인 '지름 30m 망원경(TMT)'이 2022년

경에 하와이에 세워질 계획이다. 향후 이 두 망원경이 남반구와 북반구를 대표하는 인류 최대 광학망원경이 될 것이다.

2013년 3월, 칠레 북부 아타카마 사막 한가운데 있는 해발 5천m 고원에 설치된 전파망원경단지(ALMA)를 직접 가볼 기회가 있었다. 지난 15년 동안 약 2조 원의 예산을 투입하여 건설한 이 거대연구시설의 1차 완성을 축하하는 행사에 초대되는 행운을 얻게 된 것이다. 집을 떠나 비행기를 세 번 갈아타고, 자동차로 2시간 사막을 달려 41시간 만에 도착한 그곳엔 도저히 믿기지 않는 일이 벌어지고 있었다. 고도가 너무 높아 몸이 휘청거리며 숨쉬기조차 힘든 그곳에 북미, 유럽, 동아시아의 천문학자들이 함께 지름 12m급 초정밀 전파망원경 66대를, 축구장 10배 이상 크기의 사막 5천m 고원에 건설한 것이다. 이집트의 피라미드 건설보다 더 큰 대역사를 과학자인 천문학자들이 신이 나서 하고 있었다. 우주에 대한 근원적 의문에 과학으로 답하기 위한 천문학자들의 열정은 못 말릴 지경이고 경이롭기까지 하다. 과학자들의 이런 열정과 도전이 있었기에 우주에 대한 인류의 지식이 이만큼 넓혀졌으리라.

지난 6월 동아시아천문대장 연례 모임이 대만국립천문대의 초대로 하와이에서 개최되었다. 이때 하와이 빅아일랜드에 있는 해발 4천m의 마우나케아 산 정상에 갈 기회가 있었다. 등반을 위해 간 것이 아니라 거기에 모여 있는 세계 유수의 망원경들을 시찰하기 위해서였다. 현재 하와이 마우나케아 산 천문단지에는 세계 최고의 광학 및 전파망원경 십여 대가 운영 중이다.

여기에 소개한 칠레 아타카마 천문단지와 하와이 마우나케아 천문단지의 해발 4~5천m 고지는 많은 사람들이 상주하기에 매우 불편한 곳이다. 따라서 해발 3천m 지점에 천문단지 운영사무소를 별도로 두고 있는데, 4천m 이상 고지로 가기 전에 신체 적응을 위해 반드시 사무소에서 30분 이상 쉬어 가야 한다. 각 사무소 입구에는 천문단지에 참여하고 있는 여러 나라의 국기가 각 나라의 기초과학 수준을 자랑하듯 휘날리며 꽂혀 있다. 하지만 내가 방문했을 때 대한민국의 국기가 보이지 않아 가슴 한구석이 허전했다. 다행히도 2년 반이 지나 이 글을 쓰고 있는 지금은 두 천문단지에 우리나라의 태극기가 펄럭이고 있다. 대한민국의 젊은 천문학자들이 천문단지에 게양된 태극기를 바라보며 무한한 자부심으로 왼쪽 가슴에 손을 얹는 모습을 그려본다.

기초과학의 정의와 가치

　우리나라에서는 기초과학에 대한 정의가 불분명하고 의견이 분분하다. 과학자를 제외한 대부분의 사람들이 경제성장에 도움이 되는 핵심 원천기술을 연구하는 것이 기초과학이라고 생각한다. 초점이 경제, 즉 먹고사는 문제 해결을 위한 기술개발에 맞춰져 있다. 과연 그럴까? 서구에서 천문학, 수학, 지질학, 생물학 등 기초과학은 주로 왕립아카데미나 귀족들에 의해서 시작되었다. 먹고 사는 문제를 이미 해결한 사람들이 가진 자연과 우주에 대한 지적 호기심, 다시 말하면 지적 유희에서 비롯된 것이다. 지금까지 잘 사는 나라에서 기초과학 활동이 왕성했고 지금도 주로 선진국들이 기초과학을 주도하고 있는 이유이기도 하다. 한마디로 기초과학은 먹고 사는 문제와 상관없다. 기초과학은 인간이라면 기본적으로 가지고 있는 지적 호기심을 충족시키는 것이 본질이다. 처음부터 경제성장을 위해 핵심 원천기술을 개발한 것이 아니다. 지적 호기심을 채우기 위해 그 당시 지식을 총망라하여 개발한 기술이나 이론의 일부가 활용되어 부산물로 경제적 성과를 낳았을 뿐이다.

바둑에서 같은 수를 두었어도 수순이 바뀌면 바둑의 결과가 180도 달라지는 경우를 종종 볼 수 있다. 사물의 순서나 위치 또는 이치가 거꾸로 된 것을 본말이 전도되었다고 한다. 현재 우리나라에서 기초과학에 대한 인식과 투자와 기대가 그렇다. 본질과 부산물을 혼동하고 있다. 그러니 기초과학에 대한 투자가 제대로 이루어질 리 없고 결과적으로는 과학 관련 노벨상이 아직 한 건도 없는 나라가 되었다. 우리나라의 경제규모와 국제 위상을 고려할 때 노벨상이 한 건도 없다는 것이 이상하지 않은가? 정부에서 기초과학에 대한 투자를 확대한다고 하지만 정부가 생각하는 기초과학의 개념이 기초과학의 본질과 다르니 기초과학에 아무리 투자해도 기초과학다운 결과를 기대하기 어렵다. 기초과학과 관련된 연구 과제를 정부에 신청하려면 경제적인 효과와 기술적 파급효과가 얼마인지 꼭 설명해야 한다. '인류의 지식확대에 기여하는 효과'와 같은 내용을 적는 칸은 없다. 왠지 우리나라가 아직도 먹고사는 문제에 매달려 있는 느낌을 준다.

선진국을 향해 가는 우리로서는 우리의 가치를 내가 먹고사는 문제를 떠나 국제사회에 무엇으로 기여할 것인가로 확대해야 한다. 지식의 확장을 통한 인류사회에 기여를 목표로 기초과학을 연구하다 보면 우리는 저절로 잘살 수밖에 없다. 인생설계를 주제로 강의를 한 적이 몇 번 있다. 인생설계 항목에 "나는 무엇을 위해 살 것인가?"라는 질문에 대부분이 자신의 행복을 위해 산다고 답한다. 하지만 일부는 남의 행복을 위해 산다고 답한다. 어느 것이 더 근사해 보이는가? 남의 행복을 위해 살다 보면 자신은 저절로 행복해 지기 마련이다. 왜 작은 가치를 큰 가치 위에 두는지 모르겠다.

2006년 미국 NASA에서 발표한 우주개발계획에 관한 비전과 미션을 읽고 깊은 감동을 받은 적이 있다. 비전의 내용은 이랬다. "지구에서 인류의 삶을 개선시키고, 태양계로 삶의 터전을 확장하며, 외계 생명체를 찾아낸다." 미션은 다음과 같다. "오직 NASA만이 할 수 있는 일을 통해 우리의 터전인 지구를 이해하고 보전하며, 우주를 개척하고 생명체를 찾아내어, 다음 세대에 탐험가의 정신을 불어넣는다." 이 얼마나 멋진 계획인가? 이 발표를 듣고 미국인들의 가슴이 얼마나 벅차올랐을까 하며 부러웠다. 같은 일을 하더라도 우리도 이런 정신과 자세로 하면 얼마나 더 멋질까?

경제성장을 앞세워 기초과학의 본질에 숨어 있는 숭고한 정신과 가치를 우리 스스로 평가 절하하지 않았으면 좋겠다. 기초과학을 통해 대한민국을 넘어 인류 전체를 향한 꿈과 비전이 제시되길 바란다. 이제 과거 개발도상국 시대에 가졌던 생각과 태도를 과감하게 버리고 선진국을 향한 한 차원 더 높은 정신과 자세가 필요하다. '홍익인간'이야말로 인류 전체에 내세울 만한 우리 고유의 정신 가치가 아닐까? 새 술은 새 부대가 필요하다.

기초과학의 국제 활동

먹고 살기 힘들 때는 내 것 챙기기도 바빠 주위를 둘러볼 여유가 없다. 하지만 먹고살 만하게 된 사람이 먹고살기 힘들 때의 태도를 버리지 못하고 자기 것만 챙긴다면 주위로부터 비난의 대상이 된다. 그런 사람들을 졸부라고 하기도 한다. 하지만 어떤 사람은 본인이 고생하던 시절을 기억하여 주변의 어려운 사람을 도와주는 경우도 종종 있다. 그런 사람이 주변과 사회를 따뜻하게 하고 존경의 대상이 된다.

국가도 마찬가지다. 각고의 노력 끝에 어려움을 극복하고 잘살게 되었다면 당연히 국제사회에 뭔가 기여를 해야 존경을 받고 긍정적인 영향력을 행사할 수 있다. 요즘 아프리카나 동남아시아 지역에서 농촌, 의료, 교육 분야 등에 대한 우리나라의 국제 기여 활동이 KOICA를 중심으로 점점 확대되고 있다는 소식을 접하면서 국민의 한 사람으로서 흐뭇하다. 또한 우리나라 젊은이들이 세계 각국의 저개발 국가에서 봉사하는 모습을 미디어를 통해 종종 보면서 우리의 미래가 밝음을 확인할 수 있다.

국제 사회에 기여할 수 있는 길은 여러 가지가 있을 수 있으나 경제적으로 안정된 선진국만이 할 수 있는 보이지 않는 기여가 과학 분야의 국제 활동에 적극 참여하는 것이다. 또한 국제 활동에 얼마나 기여할 수 있느냐가 그 나라 과학의 수준을 가늠하는 척도가 되기도 한다. 특히 기초과학 연구는 당장 돈이 되지 않지만 인류 전체의 지식 확장과 자연재해와 같은 전 지구적 문제 해결 면에서 꼭 필요하다. 하지만 이를 위해서는 여러 나라가 연대하여 매우 큰 투자를 지속적으로 해야 하므로 못 사는 나라는 참여조차 엄두를 못 낸다. 따라서 선진국들이 앞장서서 해야 할 국제적인 책무이기도 하다. 우주 탄생의 비밀을 알아내기 위해 약 2조 원의 자금을 들여 10여 년에 걸쳐 칠레의 해발 5,000m 사막 고원에 66대의 전파망원경을 설치하는 ALMA 사업 등이 이에 해당한다.

우리나라도 이제 먹고사는 문제를 해결하고 어느 정도 잘살게 되었다. 그렇다면 우리도 이제 국제적 규모로 진행되고 있는 과학 활동에 관심을 가지고 적극 참여해야 한다. 과연 우리나라의 과학 관련 국제 활동이 어느 정도인지 한 가지 예를 들어 살펴보자.

UN 산하에 ICSU(International Council for Scientific Unions)라는 비정부 국제과학협의회가 있어 과학과 관련된 국제협력과 진흥 활동을 이끌고 있다. ICSU에는 현재 141개국의 과학 단체와 32개의 국제 과학연합체가 활동하고 있다. 그중에 하나로 1919년에 설립된 국제측지학 및지구물리학연맹(IUGG: International Union of Geodesy and Geophysics)이라는 지구과학과 관련된 국제 과학연합체가 있다.

IUGG는 국제측지협회(IAG: International Association of Geodesy) 등 총 8개의 국제적 협회로 구성되어 있으며, 현재 약 69개 나라에 IUGG위원회가 설치되어 있다. 우리나라의 경우 1960년에 IUGG한국위원회가 결성되어 현재에 이르고 있으나 그 활동은 국내외적으로 매우 미미한 상황이다. 그 주된 이유 중 하나는 국내에서 기초과학에 대한 관심이 많이 부족하다 보니 전공자 수가 다른 나라에 비해 턱없이 적기 때문이다. IUGG에 지불하는 국가별 분담금도 우리나라의 경제 규모에 비하면 창피할 정도로 적을 뿐만 아니라 학술적인 기여는 말을 꺼내기 민망할 정도다.

필자는 2005년부터 현재까지 IUGG한국위원회 소속 IAG협회장을 맡고 있는데 4년마다 개최되는 총회에 처음으로 우리나라의 IAG활동보고서를 2011년에 제출한 정도의 활동을 해서 부끄럽기 짝이 없다. 앞으로 IUGG한국위원회를 활성화해서 우리나라의 국격에 어울리는 수준의 활동을 하는 것이 필자를 포함한 이 분야 과학자들에게 주어진 큰 숙제이자 사명이다. 나 때문에 국제 사회에서 대한민국을 졸부로 취급할 거 같아 어깨가 무겁다. 선진국을 염원하는 우리나라의 많은 사람들이 한 나라의 기초과학 수준이 그 나라가 선진국인지 아닌지 가늠하는 중요한 잣대임을 인식했으면 좋겠다.

과학기술자는 대우받고
존경받아야 한다

우리 사회엔 아직도 조선시대의 사농공상이 존재하는 듯하다. 생산업 종사자, 기업가, 심지어 과학기술자보다 행정관료나 법조인, 정치인, 교수를 더 선망한다. 머리깨나 좋다는 젊은이들이 고시나 법·의학전문대학원에 몰리는 것은 예나 지금이나 마찬가지다. 하지만 과학기술 분야의 인기는 점점 시들어 가고 있고 젊은이들의 이공계 기피 현상이 사회문제가 된 지 이미 오래다.

한국전쟁 직후인 1953년에 우리나라의 1인당 GDP는 67달러로 세계 최하위 수준이었지만, 60여 년이 지난 2014년 말 현재 약 2만8천700달러로 세계 32위권에 속한다. 60여 년 만에 약 400배의 성장과 민주화를 이룬 것을 '한강의 기적'이라 하며 칭송하고 있고, 개발도상국과 저개발국의 롤모델이 되어 부러움의 대상이 되고 있다. 몇년 전 부산에서 개최된 한-동남아국가연합(ASEAN 10개국) 특별정상회담에 참석한 훈 센 캄보디아 총리가 새마을운동중앙연수원을 방문해 한

강의 기적의 상징인 새마을 조끼와 모자를 쓰는 모습이 신문에 실릴 정도다.

그럼 한강의 기적을 이룬 원동력은 무엇일까? 그것은 한마디로 과학기술의 힘이다. 먹고살기 빠듯한 형편 속에서도 1960년대 중반부터 KIST, 포항제철, 대덕연구단지로 대변되는 과학기술 인프라에 장기적인 안목을 가지고 과감하게 투자한 결과다. 선배들에게 들은 얘기로는 그 당시 KIST 해외유치과학자의 연봉이 대학교수의 2배 이상이고 공무원의 3배 이상이었다고 한다. 그때는 공무원들이 KIST 과학기술자를 찾아와 머리를 맞대고 의논했다고 한다. 그만큼 과학기술자를 대우하는 사회적인 위상이 높았기 때문에 젊고 유능한 젊은 이들이 과학기술계로 앞다투어 왔고, 그들이 한 세대를 이끌며 한강의 기적을 이루어 낸 것이다.

하지만 지금은 반대로 이공계 기피 현상이 일어나고 있다. 그 이유는 과학기술이 어려워서가 아니라 과학기술자를 대하는 사회적 위상이 공무원보다도 떨어질 정도로 추락했기 때문이다. 과학기술자들이 연구비를 따기 위해 공무원들에게 머리를 조아려야 하는 상황이 된 지 오래됐다. 정부출연연구기관장의 연봉만 보더라도 무늬만 차관급이지 의사나, 변호사, 은행가 등과 비교가 안 될 정도로 적고, 사회적인 힘도 약하다. 약 30개인 과학기술분야 정부출연연구기관장의 연봉을 2배로 더 올려 넉넉잡고 1년에 50억 원만 더 투자해도 학부모들이 자녀들에게 이공계로 진학하라고 적극적으로 권할 것이다. 출연연구기관장의 연봉이 과학기술자에 대한 사회적 대우의 상징이기 때문이다. 하지만 지금으로써는 이와 같은 생각조차 언감생심이다.

과학기술자들은 남들이 어려워 기피하는 분야를 평생 파고들어 새로운 것을 발견하거나 만들어 낸다. 대부분 본인들이 좋아서 하다 보니 주변의 다른 것에 신경을 쓰지 않고 오로지 평생 자기 일에 집중하는 경우가 많다. 또 그렇게 해야만 세계적으로 경쟁할만한 연구 성과를 이룰 수 있다. 그래서 과학기술자들은 타 분야에 비해 사회 변화에 둔감할 수밖에 없다. 이게 과학기술자들의 속성이다. 과학기술자들에게 사회과학 전공자와 같은 수준의 사회 적응성을 요구해서는 안 된다. 대신에 과학기술자를 사회가 존중하고 대우하며 보호해 주어야 한다. 과학기술자가 본인의 연구분야에만 집중하도록 예를 들면 노후 보장 등의 사회적 환경을 마련해 줘야 한다. 그래야 세계적으로 으뜸인 우수한 연구성과를 이룰 수 있다.

이미 과학기술에 의존해야만 하는 시대가 되었고 앞으로 더욱 의존성이 심화될 것이다. 미래 예측보고서에 의하면 과학기술이 사회와 국가의 운명을 결정하는 시대가 예견되고 있다. 우리가 이룬 한강의 기적이 과학기술자들로 인해 가능했듯이 대한민국이 선진국이 되느냐 그대로 주저앉느냐도 과학기술자들의 손에 달려 있다 해도 과언이 아니다. 과학기술 없이 국방도 경제성장도 복지도 미래도 없다. 따라서 과학입국의 차원에서 과학기술자를 지금보다 더 지원하고 우대하고 존경하는 사회적 분위기가 조성되도록 정부를 비롯한 사회 각계가 관심을 가져야 한다.

과학기술분야의 가장 소중한 가치:
자율성

2014년 7월 13일, 동아일보 13면에 "홍-허 사퇴, 꼬리 몇 cm 자른 것, 축구협 '30년 축피아' 물러나야"라는 제목의 기사가 실렸다. 브라질 월드컵에서 한국 축구가 1무 2패의 참패로 16강 진출에 실패한 책임을 지고 홍명보 감독과 허정무 단장이 물러난 것에 대해 축구계 원로인 70세의 김호 씨가 방송에서 한 쓴소리다. 내용인즉 정 모 씨로 대표되는 '축피아'가 지난 30년 가까이 행정을 잘못해 풀뿌리 축구를 망쳐놔 이 지경이 되었으니 한국축구의 재건을 위해서는 혁명이 필요하다는 것이다. 이를 위해서는 춥고 배고픈 시대로 돌아가더라도 '축구인이 결정하고 축구인이 책임지는 구조'를 만들어야 한다고 주장했다.

이 기사를 보고 내가 몸담고 있는 과학기술계도 같은 상황에 처해 있다는 생각이 들었다. 대부분 선진국들은 과학기술에 대한 정책과 예산할당, 인력배치, 성과평가, 출연(연) 기관장 선임 등에 대해 '과학기술인이 결정하고 과학기술인이 책임지는 구조'를 양보할 수 없는 핵심가치로 삼아 고수하고 있다. 우리와 가까운 대만의 경우 5년 중임의 10년간 임기를 마치는 천문대장(우리나라의 **천문연구원장에 해당**)의 후임 선출을 위해 1년 전부터 '기관장 추천위원회'가 구성되었다. 이 위원회는 당연히 내로라하는 천문분야 전문가로 구성되며 세계 최고급 기관장을 모시기 위해 국제적으로 인재를 물색한다. 자국민이 아니라도 실력과 명망과 인품이 있으면 천문대장이 될 수 있다. 내가 듣기로는 대만과 일본 출신 3명이 경합을 벌인 끝에 재미 대만인 여성 천문학자가 신임 기관장으로 취임 6개월 전에 최종 결정되었다고 한다.

독일의 막스플랑크 연구소도 분야별 연구소장을 모시기 위해 대만과 비슷한 절차를 밟는 것으로 알고 있다. 대만과 다른 점은 연구소장의 임기가 무제한이라는 것이다. 후임 연구원장을 6개월 전에 결정하고 임기가 거의 10년 이상에 가까우며 철저하게 전문가들로만 구성된 위원회에서 뽑는다는 것이 과연 우리나라에서도 가능할까? 연구기관장 임기를 3년 혹은 3년 중임 6년으로 한정하고 임기 시작 불과 며칠 전에 비전문가로 구성된 이사회에서 결정하는 지금 현실로는 꿈같은 얘기다.

우리도 겉으로는 전문가 추천위원회가 있고 출연연구기관들의 상위기관인 '연구회'의 이사회에서 자율적으로 기관장을 선출하는 듯 보이지만 실상은 전혀 그렇지 않다. 이번에 출범한 '국가과학기술연구회'의 이사회의 구성을 살펴보면 이사 10명 중 5명이 당연직으로 정부 관련 부처 차관이 맡고 있다. 이는 무엇을 의미하는가? 출연(연)

기관장 선출에 과학기술자보다 정부의 의사가 결정적으로 반영될 수밖에 없는 구조다. 정부 관료가 전문가 집단인 과학기술계를 쉽게 지배할 수 있도록 한 것이다.

지난 3년간 출연(연) 기관장을 하면서 느낀 것은 정부의 보이지 않는 손이 과학기술계 특히 출연(연) 전반에 걸쳐 구석구석까지 영향력을 행사한다는 거다. 그것도 매우 위험한 형태로 말이다. 출연(연) 기관장은 공식적으로 차관급이다. 그럼 부기관장은 아무리 양보해도 국장급 이상인데 사무관이나 심지어 주무관이 전화로 오라 가라 하는 형국을 종종 경험한다. 또한 과학기술계의 기관장이 마치 정부의 감투에 해당하는 것처럼 취급하는데 이는 큰 오산이고 하루빨리 시정되어야 할 부분이다.

우리나라 과학기술분야 자율성이 얼마나 제약받고 훼손되고 있는가에 대해 지금까지 과학기술 출연(연) 기관장 선출 과정을 예로 들었다. 우리나라 과학기술계가 제대로 자리 잡고 세계적인 우수한 성과를 내기 위해서는 출연(연) 기관장 선출뿐만 아니라 예산, 인력, 평가 등에서도 과학기술인이 결정하는 자율구조가 갖추어져야 한다. 허울뿐이 아니라 진짜로 말이다. 이는 과학기술계뿐만 아니라 우리나라 전 분야에 걸쳐 대동소이한 심각한 문제일 것이다.

과학기술자의 반성

　우리나라 과학기술을 상징하는 출연(연) 과학기술자들의 위상이 날로 추락하고 있는 현실을 볼 때 가슴 한편이 아려온다. 30여 년을 출연(연)에 몸담아 온 필자로서 결코 남의 일이 아니기 때문이다. 존경받아야 하고 선망의 대상이 되어야 할 과학기술자들의 입지가 왜 이지경에 이르렀을까 자문해 본다.

　일부 과학기술자들은 정부와 공무원들의 과도한 간섭으로 인한 자율권이 없는 환경을 탓한다. 선진국에서는 과학기술 권위자들이 모인 위원회에서 모든 것을 결정하고 정부는 그 결정을 존중해 주는데 우리는 그런 환경이 아니라고 말한다. 그럼 이런 환경을 누가 만들었는가? 분명 과학기술자가 우대받고 선망의 대상이었던 시절이 있었고 당시 똑똑하고 유능한 젊은이들이 이공계로 몰려 우리나라가 이만큼 잘살게 되지 않았는가? 하지만 요즘 우리 스스로 자괴감에 빠져 있고 해결의 실마리도 찾지 못하고 있다.

　과학기술계의 현실이 이 지경이 된 책임의 반 이상이 과학기술자

자신에게 있다고 본다. 하지만 우리가 가장 싫어하는 환경을 우리 스스로 만든 것이라는 사실을 쉽게 인정하지 않으려 한다. 우리는 나름 최선을 다했는데 주변에서 우리를 인정하지 않을 뿐이라는 궤변에 의지하려 한다. 하지만 콩 심은 데 콩 나고 팥 심은 데 팥 난다고 하는 말이 그냥 있는 게 아니다. 이제 남을 탓할 게 아니라 우리스스로의 문제점을 냉정하게 들여다보고 반성해야 한다. 잘못되어왔던 근본 원인을 뼈를 깎는 고통으로 바로잡지 않으면 해결책은 없다. 그럼 우리가 무엇을 잘못하여 왔는가? 모든 가지는 쳐내고 두 가지만 살펴보겠다.

첫째, 우리 스스로 과학기술자의 자존심을 버렸다. 과학기술자의가장 중요한 덕목인 도덕성을 내팽개친 것이다. 과학기술자가 자기분야에서 뛰어난 업적을 이루면 되지 성인군자도 아닌데 무슨 도덕성을 따지냐고 말할 수도 있다. 하지만 과학기술자이기에 앞서 이 시대 지식인의 한사람으로서 사회가 우리를 들여다보는 가장 엄격한잣대는 실력이 아닌 도덕성이라는 사실을 망각하고 말았다. 이는 과학기술계의 문제라기보다는 우리 사회 전반에 걸쳐 오늘날의 지식인들이 안고 있는 문제이기도 하다. 하지만 '남들도 다 그렇게 하는데왜 우리는 안 돼.'라는 식으로 생각하고 행동하다 보면 우리는 존경이나 선망의 대상이 될 수 없다.

일반인은 과학기술자를 선망의 대상으로 보려 했으나 과학기술자들 스스로 그 기대를 저버린 것이다. 남보다 또는 다른 연구기관보다연구비를 더 따내기 위해 공무원이 부르면 새벽에라도 서울까지 올라가 술값을 대신 내주는 과학기술자를 보고 누가 존경하겠는가. 창피하지도 않은가? 이 세상에서 가장 때 묻지 않은 고결한 집단이라 여겼는데 그들도 별반 다른 게 없구나 생각하게 만든 것은 누구인가. 연구 과제를 경쟁적으로 따와야 하는 시스템 때문에 과학기술계가 이 지경으로 황폐화되었다고 하지만 그건 변명에 불과하다. 연구 프로젝트를 이것저것 마구 따와서 인센티브나 챙기려고 하고, 심지어 연구비를 횡령까지 하는 탐욕스러운 행태가 진정 우리가 바라는 과학기술인의 모습인가 말이다. 일부 몰지각한 사람들이 저지른 잘못을 전체에 적용하지 말라고 말할 수도 있다. 하지만 그렇게 치부하고 말 것인가?

우리 스스로 도덕적으로 엄격한 잣대를 적용하고 자정 능력을 갖지 않으면 일부의 잘못으로 전체가 피해 입는 일이 반복될 수밖에 없다. 우리는 이 시대 지식인의 표상이 되어야 함을 잊지 말아야 한다.

둘째, 국민 누구나 인정하고 존경할 만한 과학기술자가 없다. 노벨상 수상자에 버금가는 뛰어난 과학자가 나올 때 국민들은, 아니 청소년들은 과학기술자를 우러러보고 너도나도 과학기술자가 되려고 할 것이다. 위기의식과 사명감을 가지고 세계를 선도하는 우수한 연구성과를 내야 한다. 예산 탓하고 정부 탓만 할 게 아니다. 지금 우리의 위치에서 우리가 가진 것을 가지고 할 수 있는 일에 최선을 다해보자. 진인사대천명이다. 하늘이 도와줄 것이다.

무늬만

고급 가구와 일반 가구의 차이점 중 하나가 가구에 쓰인 목재가 원목이냐 아니면 합판에 무늬만 입힌 것이냐다. 요즘 무늬 입히는 기술이 워낙 정교해서 원목인지 무늬인지 일반인으로서는 구분하기 힘들 정도다. 심지어 내가 지금 쓰고 있는 고급스럽게 보이는 책상도 원목으로 만들어진 것인지 무늬만인지 아직도 의문이다. 보통가구보다 비싸게 주고 산 것이니 처음엔 당연히 원목이라고 생각하고 소중하게 여겼지만, 살짝만 긁혀도 흠집이 쉽게 나는 걸 보면 무늬만인 것 같아 실망스럽다. 고급스럽게 정성껏 가공한 원목 가구는 일반 가구에 비해 훨씬 비싸지만 내구성이 좋을 뿐만 아니라 쓸수록 그 값어치를 발휘하므로 언제나 귀한 대접을 받는다.

무늬만 원목처럼 보이는 내 책상을 바라볼 때마다 마치 오늘날 우리 사회의 속살을 보는 것 같아 왠지 마음이 쓸쓸하다. 우리 사회도 원목 가구처럼 튼실하고 시간이 지날수록 그 가치에 자부심을 가지는 쪽으로 발전하면 좋겠는데 주변을 둘러보면 '무늬만'인 쪽으로 가고 있어 안타깝다. 한 가지 예로 아까운 수많은 청춘들을 순식간에 앗아간 세월호 사고는 우리 사회의 '무늬만' 속살을 여실히 보여줬다. 평상시에는 겉으로 잘 돌아가는 것처럼 보이지만 위기가 닥쳤을 때 겉과 속이 다른 '무늬만' 사회의 한계는 적나라하게 드러나고 만다.

최근에 국방부가 예비군 훈련을 예전과 달리 제대로 하겠다고 발표했다. 군에서 예비군 조교를 한 경험이 있어 예비군 교육이 얼마나 형식적이고 '무늬만' 문화의 대표적인 사례인가를 잘 안다. 예비군 훈련의 취지는 일정 기간의 훈련으로 군 제대자들의 전투력을 유지시켜 유사시에 미리 대비하자는 것이다. 하지만 취지와 실제가 다른 경우가 이 사회에 어디 예비군 훈련뿐이겠는가? 내면을 윤택하게 하기 위한 관심과 노력보다 겉으로만 잘 보이려는 관심이 사회적으로 높아지면서 비싼 돈을 들여가며 앞다투어 성형수술을 하는 경향이 점점 심해지고 있다. 과다한 수술로 염라대왕조차도 못 알아볼 정도라는 농담이 유행할 정도다.

어느 분야보다도 가장 정직해야 하고 진실해야 할 과학기술계조차 이런 무늬만의 문화가 존재한다. 과학기술계의 한 가지 대표적인 예를 들어 보자. 2만여 명의 과학기술자가 근무하고 있는 25개 출연(연)의 경우 상위 기관인 국가과학기술연구회의 이사회에서 각 연구기관장을 선출하여 임명한다. 겉으로는 선진국처럼 저명한 과학기술자들로 구성된 이사회에서 충분한 논의를 거쳐 민주적인 절차를 밟아 장차 우리나라 과학기술 연구기관을 이끌 수장을 선발하는 것처럼 보인다. 하지만 이 역시 무늬만이다. 실상은 정부가 과학기술계를 쉽게 통제하기 위해 이사회의 과반을 정부 관료와 말 잘 듣는 대학교수

등으로 구성하고, 이미 정부에서 지정한 후보에 대해 토론도 거의 없이 투표해서 결정한다. 결과는 거의 다 정부가 원하는 대로 나온다. 현장에서 일하는 과학기술자의 의견은 전혀 반영되지 않는다. 임명 권자인 이사장조차 결정권이 없다.

모양새와 절차는 그럴듯하지만 실제는 무늬만 원목인 가구와 다를 게 하나 없는 셈이다. 선진국과 같이 과학기술에 관한 모든 것을 과학기술자가 스스로 결정해야 하는데 실제는 정부의 과도한 통제 속에 전혀 다르게 행해지고 있다. 요즘 우리나라 출연(연)이 제 역할을 못하고 국제 경쟁력이 떨어진다고 질책받고 있다. 출연(연)의 위기는 이런 무늬만의 문화가 바뀌지 않는 한 근본적으로 해결되기 어렵다.

'무늬만'의 문화가 확산되다 보니 사회 전반에 걸쳐 기품 있는 고급스러운 깊이와 무게감이 점점 사라지고, 얕고 천한 정신과 문화가 이 사회를 지배하는 거 같아 실망스럽다. 스티브 잡스가 말했던가? 제대로 된 목수는 가구를 만들 때 보이지 않는 부분도 싸구려 재료를 쓰지 않는다고. 내가 죽기 전에 겉과 속이 같은 제대로 된 사회에 사는 자긍심을 느끼고 싶다.

여유와 대한민국

『어린왕자』를 읽어 보면 가로등지기 얘기가 나온다. 옛날에 천천히 돌던 행성의 자전 속도가 점점 빨라져 1분에 한 번씩 가로등을 켜고, 꺼야 하는 가로등지기의 하소연이 아직도 생생하다. 자전속도가 점점 빨라져 밤낮이 자주 바뀌기 때문이다. 요즘 세상이 가로등지기의 행성처럼 정신없이 돌아야 하는 형국이다.

그중에서도 특히 대한민국엔 여유가 없다. 아니 내 주변을 둘러봐도 여유를 찾기 힘들다. 여유란 한가하게 노는 것만을 의미하지 않는다. 어떤 일을 하든 간에 시간을 두고 주위를 둘러보며 차근차근 음미하면서 제대로 하는 것을 말한다. 한국에 거주하는 외국 사람들이 가장 의아해하는 것이 등산을 전투하듯이 하는 한국 사람들의 모습이란다. 자연 풍광을 감상하며 길가에 핀 꽃과 식물들을 관찰하고, 숲이 내뿜는 향기와 새소리를 음미하며 천천히 산을 오르는 모습을 좀처럼 찾아보기 어렵다. 그냥 앞만 보고 정상을 향해 쉬지 않고 치닫는 것을 등산의 목표로 삼는다. 직장 내에서건 가족과 함께

하건 한 끼 식사 시간이 보통 15분 이내다. 말 그대로 한 끼를 때우거나 해치운다. 우리는 여행을 가더라도 한정된 시간 내에 부지런하게 여러 곳을 둘러보아야 직성이 풀린다. 한곳에 오래 머물며 독서를 하거나 사색을 하는 모습은 찾아보기 힘들다. 일 할 때는 더욱 여유가 없다.

다른 직장에 비해 여유가 있어야 하는 연구소에서조차 마찬가지다. 내일 당장 내라고 하는 자료가 왜 그리 많은지 연구원들이 연구가 아닌 행정과 관련된 일에 치여 허덕이는 모습을 자주 본다. 특히 정부부처나 국회에서 내라는 자료는 퇴근쯤에 연락이 와서 다음날 출근시간에 맞춰 내라는 것이 다반사다. 언젠가 복도를 지나치다 어느 후배를 만났다. 어디를 가냐고 했더니, 회의하러 간다며 "요즘 사는 것이 참 회의스럽다."고 자조적으로 내뱉는 한마디 말에 피곤함이 흠뻑 베어 있었다. 왜 이리 다들 여유 없이 바쁠까?

빠른 경제 성장을 이루면서 가난 극복을 위해 지난 50여 년간 치열한 생존경쟁을 하다 보니, '빨리빨리' 문화가 우리도 모르는 사이 자리를 잡은 거 같다. 먹고살기 힘들 때는 당연히 여유를 가질 수 없다. 지금도 생계를 걱정하는 사람들에게 여유는 사치에 불과하다. 하지만 현재 대한민국에서 가난하건 부자건, 배웠든 못 배웠든 간에 여유로운 행동을 하거나 생각을 하면 정신 나간 사람 취급을 받기에 십상이다. 사회 전반적으로 '우리가 그렇게 한가할 때냐'라는 식의 생각이 만연하다. 생존경쟁을 떠올리는 먹고사는 문제, 즉 경제가 항상 모든 것에 우선이다. 정부에서 발표하는 내용이나 학교에서나 심지어 가정에서도 마찬가지다. 이 모든 것이 과거 힘든 시절을 이겨내는 과정에서 생긴 관성이 아닐까?

이젠 그 관성을 벗어날 때가 되었다. 이제 내 어린 시절인 극 빈곤의 시대는 지났고 보편적으로 먹고살 만하다. 이젠 경제가 아닌 정신의 문제 즉 철학이나 예술에 눈을 돌릴 때다. 과거에는 부지런함이 우리의 동력이었지만 지금은 여유로움으로 동력을 바꿔야 개발도상국을 벗어나 선진국에 진입할 수 있다. 여유로움 속에서 새로운 패러다임이 생긴다. 하지만 그동안의 관성에서 벗어날 생각조차 없다. 그러다 보니 정부부터 서민 생활에 이르기까지 매사가 단기적이고 임기응변적이며 실적 위주다. 특히 지식인들이 나서서 우리의 문화를 바꾸는 노력을 해야 한다. 과연 대한민국의 보편적 지식인들이 1년에 얼마나 많은 독서를 하고, 남을 돌보며, 공연을 즐기고, 여행을 하며, 악기를 연주하고, 미술관과 박물관을 갈까? 내가 방금 열거한 단어들이 사치란 말인가?

정신적인 여유 없이 어떻게 경제적인 여유를 누리고 나눌 수 있단 말인가. 가난을 벗어날 때 효율적이었던 다급하고 물질 위주의 문화를 하루빨리 벗어 버리고 여유 있고 품위 있는 문화, 경제적인 것보다는 정신적인 것을 더 높은 가치로 여기는 문화로 탈바꿈해야 할 시기가 온 것이다.

옛 우리 선비들이 책을 손에서 놓지 않고, 지나가는 과객을 돌보고, 시조를 읊으며 난을 치고, 대금을 불며 누리던 여유와 그 멋이 그립다.

6·25 참전국에
과학기술로 보답하자

국외로 나가 보면 한국이 이룬 기적에 대해 적잖은 놀라움과 부러움을 표하는 외국인들이 많다. 과학기술을 비롯한 여러 면에서 우리나라의 국제적인 위상이 지난 10여 년 전보다 훨씬 높아졌음을 실감할 수 있다. 6·25 한국전쟁의 잿더미 속에서 과학기술력에 바탕을 둔 세계 10대 경제 강국으로 도약한 우리의 모습에 우리 스스로 자부심을 가질 만하다. 하지만 우리의 힘만으로 이와 같은 기적을 일구어냈다고 생각하면 큰 오산이요 자만이다. 어려울 때 우리를 도와준 세계 각국의 손길이 없었다면 오늘날의 기적은 불가능했을 것이다.

6·25 전쟁이 일어났을 때 총 67개국의 도움을 받아 국가의 위난을 극복할 수 있었다. 그중에서 특히 16개 파병국이 흘린 피와 땀을 잊어서는 안 된다. 아니 이젠 우리도 먹고살 만하니 우리가 그 은혜를 갚아야 할 때가 왔다. 우리가 보은을 확실하게 할 때 비로소 한국은 국제적으로 존경받는 리더로 대접받을 자격을 갖는다. 특히 1953년

당시 1인당 국민소득 67달러 정도의 세계 113개국 중 109위의 최빈국에서, 개발도상국을 거쳐 선진국의 문턱에 와 있기에 세계의 개발도상국들은 우리를 본보기로 삼고 있다. 이런 상황에서 우리가 우리의 이익에만 집착한다면 졸부 소리밖에 듣지 못한다.

다행히도 우리의 젊은이들이 앞장서서 국제적인 구호와 지원 사업에 참여하는 모습을 보면서 희망을 갖는다. 자신이 짠 조그만 털모자로 아프리카 어디선가 추위로 죽어가는 갓 태어난 한 생명을 살릴 수 있다며 시간 날 때마다 열심히 털모자를 짜는 딸을 보면서 우리의 미래가 밝음을 본다.

우리나라가 이 정도 잘살게 된 것은 과학기술력 덕분이다. 지금 개발도상국에서 필요한 것도 과학기술력에 바탕을 둔 성장 동력이다. 이제 과학기술로 보답할 때가 왔다. 특히 6·25 참전국 중에서 개발도상국인 나라들을 과학기술적인 측면에서 도와준다면 그 나라 발전에 실질적인 도움이 되리라 확신한다. 이에 천문(연)은 몇 년 전부터 '6·25 보은 프로젝트'를 시작했다. 개발도상국인 5개 참전국(필리핀, 태국, 에티오피아, 터키, 콜롬비아)을 선정하여 천문우주과학 측면에서 지원하는 일이다.

과학기술을 통한 보은으로 우리나라의 국제적 이미지와 국격이 높아지고 언젠가 국제사회의 존경 받는 선진국으로서 성장하길 기대한다. 우리의 이런 모습이 다른 개발도상국의 희망이 되어 많은 나라들이 우리로 인해 더 풍요롭고 잘 사는 세상이 되면 좋겠다.

애국심, 작은 보훈에서 시작된다
보훈과 과학기술자 정년

6월은 호국보훈의 달이다. 나라를 지키기 위해 신체적, 정신적 희생을 당하거나 뚜렷한 공훈을 세운 사람 또는 그 유족에 대하여 국가가 그 공을 알리고 보답하는 달이다. 우리에게 보훈은 국가에 큰 공을 세운 분들을 발굴해서 훈장을 주고 현충원에 안장하며 그 자손에게 여러 가지 혜택을 주는 등 거창한 것을 떠올리게 한다. 하지만 보훈이 거창한 것만은 아니다.

보훈은 나라가 위태로울 때 자신의 몸을 돌보지 않고 희생하면 국가가 언제든 그 희생에 보답한다는 신뢰에 바탕을 둔 국민과의 약속이다. 그 약속을 지켰을 때 국민 각자의 마음에 애국심이 저절로 생긴다. 신뢰는 벽돌 한 장, 한 장 쌓듯 만들어져 집채만큼 커지는 것이다. 개인 간에도 사소한 약속을 번번이 어겨 신뢰가 깨지고 인간관계마저 멀어지는 모습을 종종 본다. 애국심도 마찬가지다. 평상시 국가가 약속을 지켜 신뢰가 쌓이면 나라가 위태로울 때 자기희생을 마다치 않는다. 하지만 평상시 작은 약속들을 간과하여 신뢰를 잃으면 위기가 닥쳤을 때 누가 자신을 희생하겠는가?

필자는 캐나다에서 1년간 연구파견 생활을 한 적이 있다. 캐나다 생활에서 지금도 잊지 못하는 것이 두 가지 있다. 그중에 하나가 아프가니스탄 파병 전사자의 시신이 공항에 도착했을 때 정규 방송을 중단하고 시신 운구 장면을 TV로 생중계하는 장면이었다. 또 한 가지는, 캐나다 국기가 게양된 어느 집 앞을 지나는 시민들이 종종 경례 등으로 예를 표하는 모습이었다. 나중에 알았지만, 그 집은 국가를 위해 희생을 치른 이의 가족이 사는 집이라는 의미였다. 우리도 나라를 위해 희생한 집에 태극기나 팻말 등 표식을 부착해, 국민 각자가 보훈의 마음을 표현할 수 있도록 했으면 좋겠다. 캐나다는 전쟁의 위협이 없는 비교적 평온한 나라지만 평상시의 작은 보훈을 통해 국민들이 자기도 모르게 애국심을 갖게 한다는 느낌을 받았다. 내가 캐나다인이라도 이렇게 한다면 나라를 위해 기꺼이 희생할 것 같다.

과학계의 한 사람으로서 보훈의 달이 되면 아직도 가슴 한구석에서 아련히 피어나는 서운한 것이 있다. 1997년 IMF 외환위기가 닥쳤을 때 우리나라 국민들은 금 모으기 운동 등을 통해 국가의 위기에 맞서 이를 슬기롭게 잘 극복하였다. 그 당시 출연(연)에 근무하는 과학기술자들은 정년을 65세에서 61세로 무려 4년을 감축하는 정부의 조치에 애국하는 마음으로 별 저항 없이 순응했다. IMF 이전에는 출연(연) 과학기술자의 정년이 대학교수와 같이 65세로 보장되었었다. 한편 대학교수는 정부의 조치에 강하게 저항하여 정년 65세를 지켜

내 오늘에 이르고 있다. 이후 대학과 4년이라는 정년 차이 여파로 우수 연구인력이 출연(연)에서 대학으로 이직하는 현상이 가속화되었다. 우리나라가 IMF 외환위기를 극복한 지 10년이 더 지났다. 하지만 출연(연) 과학기술자의 정년은 아직도 61세인 상태다.

보훈은 거창한 것만이 아니다. 국가가 한 약속을 평상시에 지켜줄 때 국민의 마음에 신뢰에 바탕을 둔 애국심이 싹트고 개인의 희생을 다짐하게 된다. 이번 기회에 국가의 위기에 4년의 정년을 반납한 과학기술자들의 애국심이 존중받고 보훈의 차원에서 환원되었으면 좋겠다. 애국심은 작은 보훈에서부터 시작된다.

자기부정 자기비하

우연한 기회에 『환단고기』라는 책을 알게 되었다. 이 책에 의하면 우리나라가 반만년 역사가 아닌 4천 년이나 더 오래된 9천 년 역사를 가졌다고 한다. 또한 인류문명의 시원이라 알려진 수메르나 메소포타미아 문명은 물론 중국의 황하 문명도 우리나라에서 갈려 나갔다고 한다. 하지만 우리나라 역사학자들은 이 같은 주장이 터무니없는 얘기라고 일축해 버린다고 한다.

『환단고기』는 신라의 고승 안함로에서 조선의 이맥에 이르기까지, 천 년의 세월에 걸쳐 다섯 사람이 저술한 사서에 근거하여 우리나라 고대사를 한 권의 책으로 집대성한 역사서다. 안함로의 『삼성기 상』, 원동중의 『삼성기 하』, 행촌 이암의 『단군세기』, 복애 범장의 『북부여기』, 일십당 이맥의 『태백일사』 5권의 역사서가 각각 우리 고대역사의 '환국시대', '배달시대', '(단군)조선', '북부여', '고구려' 시대를 대변한다. 이 책은 단군신화를 명확히 부정한다. 단군은 신화가 아닌 고조선을 실제 다스린 왕을 일컬으며, 무려 2,096년에 걸쳐 그 이름과 제위기간이 알려진 마흔일곱 분의 단군이 다스렸다고 주장한다. 우리나라의 고대사가 중국과 일본에 의해 심하게 왜곡 날조되었다는 사실을 구체적인 증거를 들어가며 입증하고 있다. 특히 요즘 국내 강단에서 가르치는 역사는 일본강점기에 만들어진 식민사관을 그대로 답습하고 있다고 개탄한다.

이 책을 읽어 보면 내가 학교에서 배운 국사, 특히 고대사는 거짓을 배운 거나 마찬가지다. 남들이 의도적으로 축소시키고 찌그러뜨린 거짓 역사를 달달 외우고 배웠다니 배신감마저 든다. 만일 『환단고기』에서 주장하는 9천 년 역사를 배웠다면 우리나라에 대한 자부심이 저절로 생길 만하다. 하지만 문제는 엄연히 사서가 존재하고 각종 고고학적 유물들이 입증하고 있음에도 불구하고 지금도 이를 부정하고 일본과 중국이 왜곡시킨 사료들을 마치 신줏단지처럼 여기고 있다는 현실이다. 사대주의자의 원조라고 할 만한 김부식이 쓴 『삼국사기』에 갇혀 웅대하고 장려한 우리의 역사를 부정하다니, 남들은 없는 것도 날조하여 덮어씌우는 판에 이놈의 나라는 자기 앞에 차려진 밥상도 걷어차는 형국이다. 이와 같은 사대주의 모습이 우리 역사의 중요한 시점마다 면면히 이어져 왔으니 이게 우리의 운명인가?

이런 자기비하나 자기부정이 이뿐인가. 오늘날 지식인들마저 세계가 인정하는 훌륭한 한글과 우리말 대신에 영어 단어를 섞어가며 말하기를 자기 지식을 뽐내는 자랑거리로 여기는 모습이 가증스럽기까지 하다. 우리말로 간판을 달면 촌스럽게 여기고 영어나 프랑스어로 간판을 달면 멋지다고 생각하는 판이다. 우리나라의 부유층과 지식인을 상징하는 서울의 강남 거리를 가보라. 간판을 보면 외국인지 한국인지 구분이 안 될 정도다. 얼마 전 '이웃사촌'이라는 한정식집에서 상견례를 한다고 하니 아는 동생이 대뜸 하는 말이 "하필이면 왜 그렇게 촌스러운 데서 상견례를 하지?" 툭 내뱉으며 인상을 찌푸렸다. 하지만 막상 가보니 매우 훌륭한 한국전통음식점이었다. '이웃사촌' 대신 '굿 네이버(Good Neighbor)'로 부르면 더 그럴듯하게 보이는 모양이다. 상호를 한국말로 지으면 촌스럽고, 외국어로 지으면 세련되고 고급스럽다고 여기는 게 우리 국민의 정신 상태다. 특히 좀 더 배우고 잘산다는 지식인층의 생각이니 더욱 위험하다. 국악기나 판소리는 덜 배운 사람들이나 하는 음악이라고 치부하고, 내용도 잘 모르는 오페라 풍의 성악을 부르거나 들어야 좀 더 있어 보인다고 여기는 분위기를 언제까지 이어갈 것인가.

한 나라의 역사와 정신과 철학이 바로 서야 품위 있고 존경받는 제대로 된 지도급 역할을 하는 것인데 이래서 어찌 선진국이 되겠다고 하는 건지 개탄스럽다. 드라마 '대장금'에서 시작된 한류가 대세가 될지 누가 알았는가. 9천 년 역사 곳곳에 배여 있는 우리의 정신과 전통을 자랑스럽게 여기고 자부심으로 소중히 발전시켜 나아가야 할 때다. 이 일에 오늘날 지식인이 먼저 깨어 앞장서야 한다. '역사를 모르면 미래가 없다'는 영국 수상 처칠의 말이 생각난다.

택시 유감

　서울역 뒤편 택시 승강장에서 여행용 짐을 택시에 실으려고 우왕좌왕하는 외국인의 모습을 심심찮게 본다. 인천공항으로 입국하여 기차로 서울역까지 온 후 근처 호텔로 가기 위해 택시를 타려는 모양새다. 선진국의 경우 택시 기사가 차에서 내려 트렁크에 짐을 실어 주는 것을 당연한 것으로 여긴다. 하지만 우리나라에서는 그런 모습을 좀처럼 보기 힘들다. 택시 기사가 자리에 앉아 단추를 눌러 트렁크 문만 열어 주고 빨리 실으라는 표정만 짓고 있으면 외국인으로서는 얼마나 당황스럽고 낯선 모습일까. 이로 인해 외국인이 한국에 대해 가지는 첫인상은 어떨까. 추측건대 "한국은 아직 후진국이군." 하며 결코 좋은 인상을 가지진 않을 것이다. 그리고 그 첫인상은 본인의 나라로 돌아가서 한국에 대해 얘기하거나 한국을 생각할 때 가장 먼저 떠오르고 오랫동안 남는 기억이 될 것이다. 심지어 이웃 일본과 비교하며 나름 일본은 선진국이고 한국은 후진국이라는 판단할 것이다.

나도 남의 나라를 방문한 후 그 나라에 대한 첫인상이 그 나라의 문화 수준으로 받아들여지고 쉽게 잊혀지지 않기 때문이다. 인천공항의 시설은 물론이고 입출국 수속 서비스가 신속성과 친절도면에서 세계 1위 수준이라고 한다. 이 때문에 인천공항에 막 도착한 외국인들은 처음엔 대한민국의 서비스 수준에 놀라며 꽤 괜찮은 나라라는 인상을 가질 것이다. 하지만 택시를 경험한 외국인은 천국과 지옥만큼 차이 나는 서비스로 인해 매우 혼란스러워 할 것이다. 첫 관문인 인천공항이 벌어 놓은 좋은 인상을 둘째 관문이라 할 수 있는 택시로 다 까먹는 격이다. 사소한 일을 너무 비약하는 게 아니냐고 반문할지 모른다. 하지만 나라건 개인이건 첫인상은 아주 사소한 것으로부터 결정되는 경우가 종종 있다. 명품이냐 아니냐는 사소한 것에서 판가름난다고도 하다.

우리나라에 대해 부정적인 이미지를 갖게 하는 1등 공신인 택시 서비스는 왜 좀처럼 개선되지 않는 것일까. 우리나라도 선진국과 같이 택시 기사의 대우를 높이고 월급제를 시행하면 택시 서비스가 획기적으로 개선될 거라고 얘기들 한다. 하지만 과연 월급제만의 문제일까? 서비스 면에서 볼 때 개인택시와 일반택시와 거의 차이가 없기 때문이다. 따라서 월급제만이 핵심사항이 아닌 거 같다. 우리의 치부를 애써 외면하고자 하는 사회적 핑계일 뿐이다.

문제의 핵심은 국민의 의식수준에 있다. 우리나라 국민의 전반적인 의식수준이 택시 서비스라는 모습으로 나타나는 것뿐이다. 택시 기사가 친절을 베풀어 손님의 짐을 실어 주는 것이 그렇게 어려운 일인가? 좀 더 고달프고 귀찮겠지만, 친절한 서비스를 하면 손님이 거

스름돈 받지 않고 혹시 팁을 더 줄지도 모른다. 뭔가를 보상받으려고 하기보다는 내가 베푸는 친절로 상대방의 기분이 좋아지고 심지어 국가의 이미지를 좋게 하여 애국까지 한다면 얼마나 보람 있겠는가. 손님이 짐을 싣든 내가 싣든 시간은 거의 같은 양이 소모된다. 우리가 미소 짓고 따뜻한 말 한마디 건네고 온화한 표정을 짓는데 돈은 전혀 들지 않는다. 우리의 마음만 바꾸면 얼마든지 가능하다. 나의 경우 가능한 택시를 타지 않는다. 불친절하고 교통질서 무시하고 자꾸 손님에게 쓸데없는 얘기를 걸고 자신의 정치적인 입장을 강요하므로 마음이 불편하기 때문이다. 나와 같은 입장의 사람들이 더러 있을 것이다. 일본에서 유명한 MK택시의 성공 비결은 거창한 게 아니다. 손님을 더 배려하고 친절하게 대하니 영업 이익도 따라 오른 것이다.

우리 사회 곳곳에서 사소한 일에 조금만 신경 써도 우리 사회를 선진국 수준으로 확 올릴 수 있는 여지가 곳곳에 있다. 돈은 전혀 들지 않는다. 마음만 조금 더 쓰면 된다. 교통 신호를 지키는 등 공중도덕을 지키기만 해도 얼마든지 우리 사회를 바꿀 수 있고, 그 혜택을 모두가 누릴 수 있다. 친절한 택시문화가 우리 사회를 더 밝고 따뜻하게 바꾸는 날을 기대해 본다. 언젠가 우연히 탔던 '사랑의 택시'가 그립다.

내가 H사 차를
사지 않는 이유

　2003년에 중고로 구입한 2000년식 H사의 중형급 대표 브랜드 차량을 12년 만에 폐기하고 S사에서 나온 연비가 좋은 소형차를 며칠 전에 구입했다. 총 21만㎞를 주행했고 한 4만㎞ 더 타고 바꾸려 했으나 계획보다 4년 더 일찍 새 차를 마련하게 된 것이다. 차가 길이 잘 들어 아직도 엔진은 멀쩡한데 차체에 부식이 심해 본의 아니게 차를 바꾸게 되어 좀 안타까웠다. 길거리에 다니다 보면 내 차처럼 차량 겉에 부식이 심한 채 달리는 H사 차를 많이 볼 수 있다. 유독 H사 차가 부식이 심하고 K사 차도 일부 그렇다. 2012년 후에 나온 H사 차에는 이런 현상이 없다고 한다. 그 이유는 2012년 이전에 출시된 차는 아연 도금을 하지 않아 부식이 심할 수밖에 없단다. H사 차는 수출용과 내수용의 차체 사양이 다르다는 말을 종종 들어왔다. 수출용은 차체 강판도 더 두껍고 아연 도금도 해 부식이 거의 없는 반면 내수용은 부식이 심한 편이란다. 이게 말이 되는가! 만일 내수가 뒷받침되지 않았으면 H사 자동차가 이만큼 성장할 수 있었을까?

나를 비롯한 많은 국민들이 애국하는 마음으로 차를 애용해 주었는데 내수용과 수출용을 차별하다니 배신감을 느끼지 않을 수 없다. 보통은 내 나라 사람을 더 소중히 여겨 내수의 사양을 더 높이고 수출용은 사양을 낮추는 게 상식인데 이를 거슬러 거꾸로 하다니 속이 부글부글 끓어오른다. 그래서 이번에는 H사 차를 절대 사지 않겠다고 결심하고 수입차나 다름없는 S사의 소형차를 구입한 것이다. 프랑스 르노자동차에서 디자인하고 스페인에서 생산한 완성품을 S사가 수입하여 판매하므로 자동차 수리도 국산차 수준에서 가능하다 하여 이 차를 선택했다. 요즘 서울의 강남지역을 가다 보면 수입차가 많은 것을 볼 수 있다. 내가 사는 아파트 단지나 직장 내에서도 수입차가 점점 많아지는 추세다. 어제 뉴스에서 H사 차가 내수와 수출 모두에서 고전을 면치 못한다고 전해 들었다. 속으로 당해도 싸다는 생각이 들었다. H사가 그동안 뿌린 죗값을 되돌려 받는다고 여겨졌다. 전 세계에 자동차를 수출하는 글로벌 기업이 자국민을 깔보고 사업을 하다니 어디 너 잘되나 보자며 배알이 뒤틀린다. 글로벌 기업이 저런 정신을 가지고 사업을 해 왔다니 어처구니없다.

왜 우리나라는 자국민을 경시하는지 모르겠다. 우리 역사와 사회 속에 아직도 남아 있는 사대주의 때문인가? 외세의 침입을 하도 많이 당해 국민의 희생에 무감각해진 걸까? 어려운 상황에 처한 국민을 재외 공관이 적극 나서서 도와주고 문제를 해결해 주는 것이 선진국들이 보이는 모습인데 우리의 경우 그 반대의 경우가 자주 뉴스에 오른다. 국가가 국민을 보호하고 안전을 책임져야 국민이 국가에 대한 자부심을 갖게 되는데 우린 그런 모습을 보기 어렵다. 아직 선진국이 될 자격이 없나 보다.

우리 사회가 세월호 사고나 메르스 전염병 확대로 시끄러운 적이 있었다. 국민 안전과 관련된 정부의 대처를 보면 한심하고, 대한민국에 사는 것이 창피하기까지 하다. 이런 나라가 유지되고 있는 것이 신기할 정도다. 국회는 자기 당의 이익에 눈이 멀어 정쟁을 일삼고, 정부는 엄청난 재난 사고에 항상 우왕좌왕이다. 한 번 사고를 겪었으면 재발되지 않도록 조처하는 것이 그 사고의 희생자에 대한 보답일 텐데 그런 기미조차 없다. 정신이 바로 서야 기업이 사회가 나라가 바로 설 텐데….

종교,
특히 기독교가 해야 할 일

　우스개로 국내 대표적 종교인 불교, 기독교, 가톨릭 교단에서 헤아리는 신도 수를 모두 합치면 국민 전체 인구보다 많다고 한다. 그만큼 우리나라에서 종교 활동이 자유롭고 우리 사회에서 종교가 보편화되어 있다는 반증이기도 하다. 일요일이 되면 나를 비롯한 많은 사람들이 예배를 드리기 위해 교회나 성당으로 몰려간다. 큰 교회 주변은 주차난으로 몸살을 앓을 정도다. 교회 건물은 점점 많아지고 대형화되는 추세이며, 절에 가도 이런저런 불사가 벌어져 조용한 절을 보기 힘들다. 종교마다 신도 수를 늘리기 위해 안간힘을 쓰고 있는 모습이다. 종교 활동은 늘어나는데 왜 우리 사회는 변하지 않는 걸까?

　종교 활동의 목적은 개인마다 다르고 다양할 수 있다. 모든 종교가 이타성을 가르치며 도덕적으로 선을 추구한다. 그러므로 종교가 보편화될수록 이 사회가 더 정직해져야 하고 남을 더 배려해야 하며 사회적 약속인 공중도덕을 더 잘 지켜야 하는데 실상은 이와 반대다. 왜 그런가? 우리나라의 종교 활동은 대부분 개인의 기복신앙에 바탕을 두고 있기 때문이다. 신과 나와의 관계를 중요하게 여기고, 자신과 가족의 건강과 행복을 위해 종교생활을 할 뿐이다. 어찌보면 매우 이기적이다. 우리나라 종교 지도자는 물론 신도들도 기복신앙에 입각해서 자신들이 보고 싶은 것만 보고 듣고 싶은 것만 들으며 종교생활을 하는 셈이다. 한마디로 종교 따로 사회 따로 형국이다. 종교 시설 내에서는 한없이 착하고 선한 양처럼 행동하지만, 그때뿐이고 예배를 마치면 언제 그랬냐는 듯이 속세의 모양으로 돌변한다. 이러니 종교가 우리 사회에 미치는 영향력이 매우 미미할 수밖에 없다. 교회 지도자들도 신도 수를 더 확보하기 위해 기복신앙에 방점을 두고 그쪽으로 몰고 가는 것 같다.

행복지수가 세계 3위권 내인 덴마크 사회가 행복하게 된 비결을 조사한 『우리도 행복할 수 있을까』라는 책을 읽은 적이 있다. 그 책에서 '텅 빈 교회, 꽉 찬 사회'라는 제목의 글을 읽고 감동했다. 덴마크 국민의 80% 이상이 기독교도인데 교회는 일요일에도 텅 비어 있지만 사회 내에는 기독교인들로 꽉 차 있다는 내용이다. 덴마크 사람들은 종교의 가르침을 배우는 것보다 사회생활을 통해 실천하며 사는 것을 더 중요하게 여긴다는 얘기다. 그러니 종교를 통해 사회가 긍정적으로 변화되었고, 행복지수가 세계 1위가 될 만큼 많은 사람들이 그 혜택을 공유하게 됐다는 것이다. 교회와 사회가 따로국밥 격인 우리와는 사뭇 다르다. 종교가 사회적 책무, 즉 도덕적이고 이타적인 책무만이라도 제대로 한다면 이 사회는 분명 더 좋게 변할 것이다. 기독교도인 상인과 기업가, 정치가들이 사회에서 정직을 실천하는 것을 목숨만큼 소중히 여긴다면 이사회는 분명 정직한 사회가 될 것이다. 기독교인만이라도 교통질서를 지키고, 사람을 우선 배려하면서 운전하면 우리 사회는 선진국 수준의 기초질서가 확립되고 더 따뜻해질 것이다.

종교생활과 사회생활이 분리되어 있다면 종교의 가치와 역할이 반쪽 날 수밖에 없다. 흔히 기독교와 가톨릭에서 십자가의 의미가 수직으로는 신과 나와의 관계이고, 수평으로는 내 이웃과의 관계라고 하지 않는가. 왜 교회 지도자들은 수직 관계만 강조하고 수평 관계에 대해서는 양념 치듯 시늉만 내는가. 교회에 가면 복을 받는다고 해야 신도가 모이지, 교회에 다니는 사람에게 자기 재산과 시간을 내어 남을 도와야 한다고 강조하면 누가 오겠느냐고 반문하는 성직자도 있다. 기독교도 먹고살기 위해서는 어쩔 수 없다는 얘기다. 이제껏 종교를 성직자들에게 맡겨 놓고 아무 생각 없이 성직자가 하라는 대로 따라 해 온 경향이 있다. 하지만 종교 내부를 들여다보면 중이 제 머리 못 깎듯 성직자이기 때문에 오히려 말하고 싶어도 못하고 행동하고 싶어도 못하는 분위기와 사정이 있다. 이제 평신도가 의식을 가지고 나서야 한다. 나부터 방관자가 아닌 참여자가 되어야겠다.

문화 바꾸기

요즘 아침, 저녁으로 경험하는 따스한 모습에 출퇴근하는 발걸음이 가볍다. 내가 사는 아파트 건물에 들어가려면 비교적 무거운 현관을 열어야 하는데 앞서가는 사람이 뒤에 오는 사람을 위해 현관문을 잡아주는 모습을 볼 수 있다. 전부 다는 아니지만 연령에 상관없이 거의 대부분의 사람들이 뒤에 오는 사람을 배려하고, 배려받은 사람은 살짝 미소 지으며 고마움을 표한다. 이런 배려가 이제 우리 일상생활의 다정한 문화로 정착한 모양이다. 몇 년 전만 해도 이런 배려의 모습이 흔치 않았으나 어느새 우리의 아름다운 모습으로 일상화되다니 참 격세지감이다.

사실 현관문을 잡아주는 문화가 뭐 그리 대단하기에 호들갑이냐고 할 수도 있다. 하지만 과거에 드물었던 긍정적인 행동이 우리 사회를 밝게 비추는 문화로 정착되기까지의 과정을 되짚어 보면 우리 사회를 바꿀 수 있는 희망의 씨앗을 발견할 수 있기 때문이다. 앞서 가던 어떤 사람이 나를 위해 문을 잡아주면 그 따스한 마음에 왠지 감동하여 고맙다는 인사를 할 것이고, 나 역시 내가 경험한 감동을 다른 사람에게 베풀고 싶은 마음이 생길 것이다. 이런 일련의 마음 변화가 이심전심으로 퍼져 나아가 보편화되면 우리도 모르는 사이에 서로 기분 좋게 하는 문화가 형성되고 그 혜택을 함께 누리게 될 것이다.

운전을 하다 보면 신호등이 없는 횡단보도에서 건널까 말까 망설이며 눈치 보는 보행자를 자주 접하게 된다. 이때 차를 정지하고 먼저 건너가라는 손짓을 하면 대부분의 사람들이 활짝 미소 지으며 고맙다는 인사를 하며 건넌다. 나로서는 횡단보도 앞에서 차를 세우고 보행자를 먼저 보내는 당연한 일을 했는데 고마워하니 왠지 쑥스럽기까지 하다. 특히 어린애나 학생들은 마치 예상치 못한 큰 행운을 얻은 것처럼 황송해 하며 꾸벅 고개를 숙이고 제법 큰 인사까지 하곤 한다. 어쨌건 나로 인해 다른 사람들이 기뻐하는 모습을 보면 나도 덩달아 기분이 좋아지고 그런 일을 또 하고 싶어진다. 만일 아이가 자라면서 운전자의 이런 배려를 자주 경험한다면 그 애가 커서 운전을 할 때 보행자 우선 배려를 당연히 하게 될 것이다. 이런 일들이 하나둘씩 시나브로 모여 언젠가 우리 사회에도 보행자 우선의 아름답고 안전한 문화가 자연스럽게 정착될 것이다.

누군가 아파트 승강기에서 살짝 미소 지으며 안녕하냐고 인사하면 기분 나빠할 사람이 있을까? 좁은 승강기 안에서 어색하게 멀뚱멀뚱 서 있느니 서로 인사하고 간단한 대화라도 한다면 승강기 타는 시간은 비록 짧지만 같이 나눈 마음의 여운은 길게 남을 것이다. 이런 느낌이 좋아 서로 인사하다 보면 아파트 내 이웃 간 분위기도 한층 더

화기애애해질 것이다. 생각해 보면 별로 어려운 일이 아닌데 아직도 승강기 안이 썰렁한 경우가 종종 있다. 승강기를 타면서 내가 먼저 미소 짓고 인사하며 관심을 보였더니 상대방이 기다렸다는 듯이 더 적극적인 반응을 보여 깜짝 놀라곤 한다. 그 사람도 서로 인사하길 원하는데 왠지 쑥스러워 쉽게 인사를 못 했나 보다. 내가 먼저 시작하면 머지않아 우리 동 250가구의 건물을 더 밝고 활기차게 바꿀 수 있을 거 같아 용기가 생긴다.

우리나라는 교통질서를 잘 지키지 않고 무뚝뚝하며 남을 잘 배려하지도 않는다고 투덜대곤 한다. 하지만 이 사회 일원으로서 사회의 잘못을 탓하기만 할 게 아니다. 나부터 하겠다는 마음으로 사소해 보이는 일부터 시작하면 다른 사람들도 따라 하게 되어 결국 이 사회가 좀 더 나은 방향으로 바뀌지 않을까? 한 사회의 문화를 바꾸는 데 거창한 구호나 예산이 필요한 게 아니다. 우리가 미소 지으며 인사하고, 문을 잡아주고, 먼저 가라고 손짓하며, 교통질서를 지키는 데 돈은 전혀 들지 않는다. 뒷말이나 하고 생각만 하고 있을 게 아니라 나부터 일단 시작하여 나도 모르는 사이에 우리 사회가 환하게 바뀔 나비효과를 기대해 본다.

긍정신문

　뉴스나 신문을 보면 싸우고 속이고 죽이고 자살하고 유괴하는 등 어둡고 차가운 기사 일색이다. 매일 이런 기사를 접하다 보니 우리가 마치 범죄가 득실거리고 난장판인 나라에 사는 거 같아 왠지 우울해지고 뉴스가 나오면 채널을 돌리곤 한다. 언론에서 다루는 내용과 시각으로만 보면 곧 이 나라가 망할 거 같은데 망하지 않는 걸 보면 신기하기도 하다. 언론의 특성상 사회를 감시하고 잘못된 점을 발굴하여 고발하고 바로잡는다는 역할이 있기 때문에 어쩔 수 없다손 치더라도, 해도 너무한다. 과연 우리 사회의 진짜 모습이 90% 이상 칙칙하고 정나미 떨어질 정도로 시린 걸까? 뭔가 더 자극적인 기사를 내보내 관심을 끌고자 하는 언론의 상업적 속셈이 작용하여 이 지경에 이르지 않았나? 되짚어 보게 된다.

　언론이 사회의 부정적인 면만 부각시키면 시킬수록 사회의 구성원들은 좌절하여 힘을 잃게 마련이고 사회는 점점 메말라질 수밖에 없다. 인간을 비롯한 모든 생물은 환경에 지배를 받기 때문이다. 비슷

한 크기의 양파 두 개를 같은 크기의 물컵에 올려놓고, 물을 줄 때마다 칭찬을 하며 키운 양파는 건강하게 쑥쑥 자라는 한편, 저주를 하며 키운 양파는 결국 죽게 되는 실험을 본 적이 있다. 언론이 계속 부정적인 면만 다루면 우리도 모르는 사이에 우리 사회는 점점 춥고 어두워져 결국 앙상한 가지만 남은 겨울나무가 될 것이다.

그래서 이런 상상을 해본다. 우리 사회의 밝고 따뜻한 모습만을 비추는 '긍정신문'을 만들면 어떨까 하고. 우리 일상생활과 주변에서 미담이 될 만한 가치 있는 일들을 소개하여 처음부터 끝까지 맑고 다정한 소식만 전하는, 왠지 다음 기사가 기다려지는 신문 말이다. 언론의 속성과 현실을 모르는 천진난만한 상상이라고 치부할 수도 있겠지만, 결과에 상관없이 한번 해보고 싶고 아이디어도 있다. 요즘 고령화 시대가 되다 보니 현직에 있을 때 명성을 날리던 능력 있고 시간 많은 퇴직자분들이 전국 방방곡곡에 널려있다. 이분들을 인터넷으로 엮어 각 동네의 기자로 활용하면 가능하지 않을까? 취지에 동감하고 관심과 열정이 있는 사람은 누구나 기자가 될 수 있다. 백 명이든 천 명이든 상관없다. 많으면 많을수록 좋다. 우리 스스로 참여해서 만든 신문이니 더 자긍심도 가질 것이다.

예를 들어 어떤 분이 자기 동네의 미담을 취재하여 작성한 기사를 신문사의 편집부에 온라인으로 전달하면 글을 다듬고 편집하여 온라인 신문에 올린다. 만일 그 기사에 대한 독자들의 반응이 좋으면 좋을수록 원고료를 더 많이 지급한다. 광고 수입의 대부분을 원고료로 지급하면 퇴직 고령자로선 좋은 일도 하고 수입도 생기므로 일석이조인 셈이다. 온라인을 활용하다 보니 운영비용도 그리 많이 들지 않을뿐더러 자원봉사자를 모집하여 운영한다면 많은 자본도 필요 없을 것이다.

퇴직 후 건강을 챙긴다고 매일 산에 가고 골프 치고 하는 것도 하루 이틀이지 죽는 날까지 하릴없이 시간을 보내는 것 자체가 고역일 것이다. 인간은 뭔가 사회에 기여하고 좋은 일을 하면 마음이 젊어지고 활기가 넘치게 되어 건강까지 챙길 수 있다. 따라서 고령자들이 의욕을 가지고 활동할 수 있는 가치 중심의 광장을 마련해주면, 그렇지 않아도 일거리가 없나 하고 방황하는 많은 퇴직자들이 관심을 가지고 자발적으로 참여하리라 기대된다.

이런 신문이 발간되어 사회적인 관심과 인기를 얻는다면 기존의 언론들도 좋은 영향을 받아 어느 정도 바뀔 것이다. 페이스북과 트위터, 키바(KIVA) 등이 지구 전체의 사회 양상을 바꾸듯이 내가 구상하는 '긍정신문'이 어둡고 추운 우리 사회를 좀 더 밝고 따뜻하게 하는 햇볕 역할을 했으면 좋겠다. 우리 사회에 긍정과 활기가 넘치고 이웃끼리 서로 격려하고 배려하는 환한 모습을 보고 싶다.

국악을 배우며

2014년 6월부터 공주에 있는 '박동진 판소리전수관'에서 우리나라 전통 음악인 국악, 특히 판소리와 민요를 배우고 있다. 그동안 국악 하면 왠지 고리타분하고 어렵다는 생각을 하며 별로 관심을 가지지 않았고 터부시 해왔다. 이런 태도를 나뿐만 아니라 대한민국의 많은 국민들이 가지고 있을지도 모른다. 심지어 국악을 전공하거나 배운다는 것을 시대에 뒤떨어진 행동처럼 여기기도 한다. 국악은 지식수준이나 신분이 낮은 사람들이 즐기는 음악의 장르로 치부하는 경향도 있었다.

나 자신을 돌이켜 보아도 50대 후반까지 살아오면서 국악에 대해 관심을 갖거나 배운 적이 거의 없었다. 대학시절 클래식 음악에 빠져 종로3가 음악 감상실을 자주 드나든 적이 있지만, 민요나 판소리를 감상하기 위해 CD 한 장 사본 적이 없다. 입시 위주의 공부를 하다 보니 음악 교육을 받을 겨를도 없었다. 대학에 가서도 팝송 등 대부분 서양 음악이나 읊조리고 다녀야 그 시대의 젊은이 대접을 받아왔고 요즘도 그런 거 같다. 서양 클래식 음악을 들어야 고급스럽게 여기기도 한다. 큰딸이 초등학교 때 가야금을 배우겠다고 엄마에게 조르니 뭐 그런 걸 배우려 하냐 기왕 배우려면 피아노나 플루트나 바이올린을 배우라고 한 적이 있다. 현재 내가 다룰 줄 아는 유일한 악기도 하모니카이니 국악과는 거리가 멀다.

언젠가 문득 한국인으로서 국악에 대해 무지하고, 감상하거나 연주할 줄 모르는 게 창피하다는 생각이 들었다. 내가 국악 공연을 제대로 관람하고 감상한 적이 있는가 하고 되돌아보니 없다. 1년에 한 번 정도 비싼 비용을 치르며 부부동반으로 오페라를 보러 간 적은 있으나 판소리 공연을 보러 간 적은 한 번도 없다. 텔레비전을 보다가 '국악한마당'과 같은 프로그램을 보면 0.1초도 안 걸려 채널을 돌리곤 했다. 모차르트나 슈베르트 등 서양 음악가들의 이름은 학생시절부터 줄줄 꿰면서 우리 가락을 연주하는 국악인에 대해서는 무지를 넘어 무관심하기까지 하다. 이래서 내가 이 시대를 사는 한국의 지식인이요, 지성인이라 할 수 있을까 하는 의문이 든다.

나만 그런 걸까 하고 주변을 둘러보면 딱히 그렇지 않다. 내가 연구소에 근무하다 보니 내 주변의 사람들 대다수가 이 시대를 대표하는 지식인 부류에 속함에도 불구하고 국악에 대해서 관심이 없기는 나와 별반 차이가 없다. 현재를 살아가는 지식인의 관심과 수준이 그때 그 사회의 문화와 정신 수준을 가늠하는 척도라 할 수 있는데, 우리 고유의 전통에 대해 무관심하고 심지어 백안시하는 작금의 현실을 보면 마치 얼빠진 현대판 사대주의를 보는 거 같아 매우 안타깝다. 나를 포함해서 국악에 무지한 현 지식인들이 마치 머리 텅

빈 귀부인처럼 보인다. 외국에서 공부했다고 반 이상을 영어 단어로 채워 말하는 어느 고상한 과학자를 볼 때 느꼈던 역겨움과 수치심이 스멀스멀 생각난다.

판소리와 민요를 배우며 장단에 맞춰 어깨가 저절로 들썩이는 나를 본다. 한국인만이 느낄 수 있는 그 무엇이 국악을 통해 우리의 DNA와 연결되어 있고 면면히 배어 있는 거 같다. 우리의 고유한 것이 무엇인지, 한이 무엇을 의미하는지 몸소 체험한 계기가 되었다. 가장 고유한 것이 가장 국제적이라는 말이 있다. 우리의 정신과 혼과 얼이 담긴 고상한 고유문화가 대중화될 때 지금 세계적으로 일고 있는 한류에 더 깊은 감동이 더해질 것이다. 이제까지 지식인이 아닌 사람들이 고유문화를 지키기 위해 치열한 노력을 해왔다. 하지만 지금부터는 지식인들이 앞장서 잃어버린 우리 고유의 문화를 복원시키고 기존의 것을 잘 지키고 발전시키는 데 힘을 쏟아야 한다.

지식인이라면 국악 한가락을 언제 어디서나 부를 줄 알아야 하지 않을까. 어느 과학자가 학회 만찬에서 팝송 대신 판소리를 한가락 뽑는 모습이 더 자연스럽고 멋있게 보이는 날이 오겠지. 인당 박동진 국창께서 어느 광고에 출연하여 전하시던 "우리 것은 소중한 것이여!"라는 말이 오늘은 왠지 좀 더 무겁게 들려온다.

독서문화

라디오코리아가 2014년 11월 12일에 발표한 자료에 따르면 한국 성인이 한 달에 0.8권의 책을 읽는다고 한다. 한 달에 책 한 권도 읽지 않는다니 충격적이다. 미국인의 독서량이 한 달 평균 6.6권으로 최상위권이고, 그다음은 일본 6.1권, 프랑스 5.9권, 중국 2.6권 등으로 조사됐다. 한국은 전체 독서량 순위에서도 세계 166위로 하위권이며 공공도서관 이용률도 낮다고 한다. 평소 책을 가까이하는 나로서는 혹시 조사가 잘못되었나 하고 의심했으나 내 주변의 모습을 곰곰이 생각하니 통계의 수치가 맞는 거 같다. 나와 가까운 사람들 중에 한 달에 책 한 권 읽지 않는 사람들이 부지기수로 많고, 평생 책과 담을 쌓고 사는 사람들도 의외로 있기 때문이다.

미국 뉴욕에 갔을 때 손님이 뜸한 한적한 시간에 책을 읽는 길거리 걸인을 보고 놀란 적이 있다. 국외 출장을 다니다 보면 대부분의 서양 사람들이 공항이나 비행기 안에서 두꺼운 문고판 책을 들고 다니면서 틈만 나면 읽는 모습을 자주 본다. 선진국의 독서문화가 투영

된 모습이다.

　서울에서 자취하는 대학생 아들 집에 갔을 때 방문 옆 작은 칠판에 써놓은 手不釋卷(수불석권)이란 문구를 본 적이 있다. 아들 녀석이 내게 그 의미를 되묻기에 설명을 해줬더니 씨익 웃으며 아빠를 달리 보는 눈치다. 친구가 와서 써준 것인데 뜻이 좋고 그대로 실천하고파 걸어 두었단다. 속으로 '이놈이 이제야 철드는구나.' 하며 흐뭇했고 아들놈이 믿음직해 보였다. 손에서 책을 놓지 않는 모습을 아들이 대물림한다면 이보다 기쁜 일이 어디 있겠는가?

　독서와 관련한 집안 얘기를 하나 더 해야겠다. 초등학생 딸애가 책 읽기에 빠져 학교 숙제나 공부를 등한히 할 때 애 엄마가 "얘, 책 그만 보고 공부해라."고 무심코 내뱄었던 말이 기억난다. 지금 생각해 보면 얼마나 무지한 말이었는지 부끄럽기 짝이 없다. 이런 일이 비단 우리 집에만 일어나진 않았을 것이다. 현재도 고등교육을 받은 엄마들 입에서 쉽게 툭 던져지는 말일지도 모른다. 공부와 책 보는 일이 다른 일이라면 애의 장래를 위해 "공부 그만하고 책 보라."고 말해야 옳지 않을까?

　유명한 선생에게 과외를 받을 경우 과외비가 터무니없이 비쌈에도 불구하고 인원 제한으로 아무나 과외를 받을 수 없다고 한다. 책을 읽는 경우 저자로부터 직접 과외를 받는 거와 같은 효과가 있다고 생각한다. 논어를 읽는다면 공자님께서 내 과외 선생이 되어 직접 가르치는 것과 마찬가지란 이야기다. 책은 언제 어디서나 읽을 수 있고, 지식과 더불어 지혜도 얻을 수 있는 장점이 있다. 그런데 왜 우리는 독서를 많이 하지 않는지 모르겠다.

내가 존경하는 과학자 한 분이 쓴 책에서 '1년에 50권의 책을 읽지 않으면 지식인이 아니다'라고 단호하게 한 말이 섬뜩하게 다가온다. 일주일에 한 권 정도의 책을 읽어야 지식인이라면 나조차도 지식인의 범주에 들기 쉽지 않다. 이 잣대로 잰다면 과연 오늘날 고등교육을 받은 대한민국의 지식인 중에서 어느 정도가 진짜 지식인에 속할지 궁금하다. 물론 책을 몇 권 읽느냐가 절대적인 잣대가 될 수는 없다. 어떤 내용의 책을 읽느냐도 중요하기 때문이다. 삼류소설과 잡지는 아무리 읽어도 시간 낭비일 뿐이다. 요즘 유행하는 그림과 글자가 적절하게 구성된 책을 수십 권 읽어도 글자로 빼곡히 찬 책 한 권 읽은 것보다 효과가 덜할 수도 있다.

하지만 중요한 것은 틈만 나면 책을 읽는 습관과 문화다. 마이크로소프트 공동 창업자인 빌 게이츠는 NYT 인터뷰에서 1년에 50권 안팎의 책을 읽는다고 밝힌 바 있다. 바쁠 때는 한 주에 한 권 읽기도 어렵지만 휴가 때에는 가족과 함께 시간을 보내면서도 4~5권을 읽는다. 밤 11시에 책을 읽기 시작해 이튿날 새벽 3시까지 독파한다고 자신의 독서 습관을 설명했다.

선진국과 개발도상국을 구분할 수 있는 중요한 잣대 중 하나가 그나라의 독서문화다. 우리나라가 경제적인 수치로는 조만간 선진국 대열에 진입할 수 있다. 하지만 진정한 선진국이 되기 위해서는 돈보다는 무형의 가치를 더 선호하고, 지식보다 지혜를 중요시하는 독서문화가 먼저 자리 잡아야 할 것이다. 택시 기사가 손님을 기다리며 책 읽는 모습을 보고 싶다.

키바(KIVA),
국제 빈민층의 자립을 돕다

　미소금융 또는 소액대출, 영어로는 '마이크로파이낸스'라고 불리는 사업이 있다. 자활 의지는 있으나 담보가 없거나 신용이 낮아 제도권 금융 대출을 받기 어려운 저소득, 저신용 계층을 대상으로, 낮은 금리와 무담보, 무보증으로 소액을 대출해줘 경제적으로 자립할 수 있는 기반을 마련해 주는 사업을 말한다. 조간신문에서 감명 깊게 읽은 '가난한 사람에게 필요한 것은 동정이 아니라 자립이다'라는 내용을 실천하는 금융사업인 셈이다.

　마이크로 파이낸스는 원래 방글라데시의 무하마드 유누스 교수가 무담보와 무보증 소액금융 전문 은행으로 세운 그라민 은행에서부터 시작되었다. 1973년 단돈 20달러가 없어 고리대금업자에게 시달리던 여성을 위해 자신의 주머니에 있던 27달러로 시작했다.

　키바는 가난한 나라에서 주로 활동하고 있는 기존의 소액대출 은행들을 인터넷으로 엮어 효과적이고 체계적으로 전 세계 빈곤층의 자립을 돕는 비영리사업이다. 지리적으로 세계 곳곳에 흩어져 있어 서로 소통이 어려운 소액대출 은행들을 IT기술로 엮어내는 기발한 발상은 2005년 미국의 어느 젊은 부부에게서 시작되었다.

비교적 가난한 나라의 가난한 지역에서 가난하게 사는 어떤 사람이 가난을 벗어나기 위해 무언가를 하고 싶은데 가진 돈도 없고 빌릴 수도 없다면 절망밖에 없을 것이다. 이때 본인이 어떤 사업을 해서 어떻게 대출금을 갚을 테니 돈을 빌려달라고 현지에 있는 소액대출은행에 상담하면 현지 직원은 상담자의 계획을 평가한 후 요약하여 사업계획서를 작성한다. 작성된 사업계획서는 영어로 번역되어 키바 홈페이지에 게시된다. 전 세계에 흩어져 활동하는 수십만 명의 키바 후원자들은 홈페이지에 게시된 사업계획서를 읽어 보고 최소 $25 단위로 자신의 돈을 직접 대출해 줄 수 있다.

키바의 2013년 운영보고서에 의하면 2013년에 전 세계 약 25만7천 명의 가난한 사람들에게 약 1,900만 달러가 대출됐고, 상환율은 98.7%에 이른다. 이 글을 쓰고 있는 현재에도 13초당 1건의 대출이 이루어지고 있다. 소액의 대출금으로 사업을 시작한 가난한 사람들이 빌린 원금과 소액의 이자를 기일 내에 갚을 수 있도록 키바의 현지 사무소에서 적극 지원하고 관리하는 구조다. 만일 어떤 사람이 대출금 상환 약속을 성공적으로 이행하면 본인의 사업 확장을 위해 더 많은 대출을 받을 수 있는 기회가 주어진다. 상환된 저금리의 이자는 현지 사무소의 인건비와 운영비로 사용되며 키바 본부는 키바 후원자들의 자발적인 기부금과 자원봉사자들로 운영되고 있다. 필자는 2013년 말부터 아리랑(Arirang)이라는 팀으로 키바 활동에 참여하고 있다.

잘 사는 나라에서 25달러는 고작 한 끼 외식비 정도밖에 되지 않는 적은 돈이다. 하지만 가난한 나라에서는 한 달 생활비가 될 수도 있어 같은 돈이 10배 이상 100배까지의 위력도 발휘한다. 이 때문에 키바의 소액대출이 빈민국에서는 기적과도 같은 일을 만들어 낼 수 있는 것이다. 키바 활동을 하기 위해서는 페이팔(PayPal)과 연계된 금융시스템을 통해 비교적 간단한 절차로 은행계좌를 개설하여야 하며 입출금을 자유롭게 할 수 있다. 따라서 한번 빌려주고 다시 입금된 상환금을 또다시 대출해 줄 수도 있고 필요하면 쉽게 회수할 수도 있다. 다만 달러로의 환전에 따른 환차손과 국제 환거래에 따른 소정의 수수료 비용은 손해 볼 각오를 해야 한다. 하지만 내 것을 주지 않고 남을 돕는다는 건 어차피 불가능한 일이다. 내가 가진 돈을 은행에 넣어 놓고 미미한 이자를 받으면서 놀리느니 약간의 수고와 수수료를 지불하더라도 가난한 사람들의 자립을 위해 돈을 돌려쓴다면 내가 가진 돈을 매우 보람 있게 쓰는 방법 중 하나이리라. 그렇다고 내 돈이 없어지는 것이 아니니 결국 큰 손해도 아니다.

"가진 돈이 내 돈이 아니라 쓴 돈이 내 돈이다."라고 철학자 선배가 무심코 던진 한마디가 의미 있게 다가온다.

인생설계

규모가 크건 작건 집을 지을 때 가장 먼저 해야 할 일이 어떤 집을 어떻게 지을까 구상하는 일이다. 그 생각을 좀 더 구체적으로 표현한 것이 건축 설계도이며 설계도에 표시된 대로 짓지 않으면 준공 허가가 나지 않을뿐더러 제대로 집을 지을 수도 없다. 또한 종이 한 장에 대충 그린 게 아니라, 평면도, 정면도, 배면도, 측면도, 단면도 등여러 각도에서 살펴본 설계도가 있어야 한다. 설계 단계가 지나 시공을 할 때면 어떤 재료를 써서 어떤 공법과 순서로 지어야 할지에 대한 좀 더 구체적인 상세도면이 필수적이다. 한편 자동차나 선박, 비행기 등 정교한 기계장치를 만들 때는 수백 장에 달하는 설계도가필요하다.

우리의 인생은 어떠한가. 인상주의 화가 고갱의 작품 제목처럼 '우리는 어디에서 왔는가? 우리는 누구인가? 우리는 어디로 가는가?' 하고 자신에게 실존적인 물음을 해본 적이 있는가. 나는 어떤 삶을 어떻게 살 것인가에 대해 심각하게 고민하고 구상한 적이 있는가. 이런 질문과 고민을, 철없던 사춘기 시절에나 한 번쯤 해보았을 만한 유치하고 사치스러운 낭만으로 치부할지도 모른다. 앞으로 100년 정도가 될 내 인생을 구체적인 계획 없이 산다는 게 어찌 보면 무모하고 무책임하지 않은가. 이는 마치 설계도 없이 집을 짓겠다는 거와 마찬가지다. 설계도 없이 집을 짓는 것이 가능할까? 설사 가능하더라도 제대로 지을 수 있을까? 어떤 사람이 설계도 없이 집을 짓겠다고 하면 미친 짓이라고 할 텐데 왜 우리가 구체적인 계획 없이 인생을 사는 것에 대해서는 아무렇지 않게 생각하는가. 우리네 인생이 집 한 채 짓는 것만 못할 만큼 하찮단 말인가. 어떤 사람은 말한다. "인생, 대충 살다 가는 거지 뭐. 그리 심각하고 복잡하게 살 필요가 있나?" 하지만 내 인생이 단지 내게만 영향을 미치고 만다면 자기 멋대로 살다 죽어도 괜찮다. 하지만 자기 인생으로 인해 가깝게는 가족과 주변 친구와 이웃과 직장, 멀게는 사회 전체에 영향을 미치기에 아무렇게나 산다는 것이 아무렇지 않은 일이 아니다.

지난 5년간 신입직원 교육을 하면서 90여 명에게 내 인생설계를 먼저 소개하고, 각자의 인생을 3주간 설계해 제출하라고 했다. 내 인생설계는 크게 다음과 같은 6가지 질문에 답하는 것이다.

① 나는 어떻게 살 것인가에 대해, 내 인생의 가치를 어디에 둘 것인가? 내 삶의 원칙은 무엇인가? 내게 가장 소중한 것은 무엇인가?
② 앞으로 이 세상은 어떻게 변할 것인가?
③ 나의 미래상에 대해, 시간상의 모습으로서 10년 후, 20년 후, 30년 후, 은퇴할 때, 은퇴 이후, 죽을 때의 모습은? 역할상의 모습으로서 전문가로서의 모습은? 사회인으로서의 모습은? 직장에서 부하로서, 상사로서, 동료로서의 모습은? 가정에서 아들(딸)로서, 남편(아내)로서, 아빠(엄마)

로서 모습은?

④ 내 미래를 달성하기 위해 습관, 독서, 취미, 자기계발, 리더십, 어학, 스포
   츠 등에 어떤 노력을 하고 있는가?

⑤ 나의 장단점과 개선할 점은 무엇인가?

⑥ 내가 죽기 전에 꼭 해보고 싶은 것은 무엇인가?

연구기관의 특성상 모두 대학 이상, 반 이상이 박사학위의 학력을 가진 30대 중반의 신입직원들이지만 내가 제시한 인생설계를 3주 만에 제출하는 것이 결코 쉬운 일이 아닌 듯하다. 마감시간에 임박하여 제출하는 경우가 많고 몇몇 질문에 대해서는 내용을 채우지 못하는 경우도 흔하다. 지난해 출연(연)의 전체를 대상으로 한 40대 초중반의 총 300여 명의 교육에서도 마찬가지였다. 어쩌면 좀 더 가치 있는 인생을 살기 위해 당연히 정립했어야 할 내용임에도 불구하고 고학력자조차도 난감해하는 현실을 어떻게 받아들여야 할까.

행복지수 1위인 덴마크에서는 고등학교와 대학 진학 직전, 두 번에 걸쳐 각각 1년씩 자신의 인생에 대해 깊이 성찰하고 계획할 수 있는 기회가 교육과정으로 주어진다고 한다. 인생의 구체적인 목표와 계획 없이 대학을 졸업하는 우리 애들을 보며 안타까울 뿐이다. 그래서 작년에 결혼한 내 딸과 예비사위의 결혼 승낙 조건으로 인생설계 작성을 내걸었다.

보이지 않는 수고로움을
기억하며

　서울 인사동에 가면 공예가들이 직접 만든 공예품을 만나는 즐거움을 누릴 수 있어 좋다. 공장에서 찍어낸 것보다 가격이 비싼 편이지만 왠지 더 정감이 간다. 그 공예품이 탄생하기까지 쏟은 장인의 수고로움과 정성을 느낄 수 있기 때문이리라. 큰애가 금속공예를 전공한 덕분에 장신구 하나가 만들어지기까지 얼마나 많은 공력이 들어가는지 알게 되었고, 그때부터 공예품이 비싸다는 생각을 접었다.

　우리 식탁에 올라온 채소 반찬 하나를 먹기까지 얼마나 많은 수고로운 과정을 거치는지 몇 년 전부터 텃밭을 일구면서 실감하게 되었다.

　내가 좋아하는 채소인 가지를 먹기까지 과정을 예로 보자. 작년 늦여름 어느 땐가 가지의 씨앗을 받기 위한 조심스러움, 씨앗이 얼지 않게 겨우내 잘 보관하는 정성, 이른 봄에 그 씨를 파종하여 모종으로 키우는 설렘, 비료를 뿌려 비옥한 밭을 일군 후의 근육통, 모종을 가지밭에 이식하는 수고로움, 고라니가 가지 모종을 싹둑 잘라 먹은 후의 절망감, 가지밭 주변에 고라니 방지용 울타리를 치는 꼼꼼한 손길, 가지 모종을 사와 다시 심는 억울함, 가지에 지주대를 세워 묶어주는 희망, 가지가 많이 열리도록 곁순 따고 가지 치는 부지런함, 통풍이 잘되라고 무성한 잎 따주는 안쓰러움, 1~2주에 한 번 웃거름 주는 번거로움, 늦지 않게 수확하는 눈썰미, 수확한 가지를 정성스레 씻어 냉장고에 보관하는 여유로움, 가지로 어떤 요리를 할까 하는 망설임, 가지를 썰고 양념하고 볶고 지지는 번잡스러움, 가지 요리를 예쁜 그릇에 담아 식탁에 올려놓는 보람. 이 모든 과정의 보이지 않는 수고로움을 거쳐 내가 비로소 가지 요리를 먹는다는 사실을 느끼지 못한 채 무심코 가지 요리를 한입 먹는다.

다른 것도 마찬가지다. 직장 내에서 행사를 하게 되면 수많은 고민과 회의와 세심한 절차를 통해 준비하는 사람들이 꼭 있게 마련이다. 하지만 준비된 행사에 참여하는 사람들은 그 행사가 어떤 절차와 정성과 수고로움을 통해 준비되었는지 관심조차 없다. 행사의 잘못된 점을 꼬집어 타박만 하는 경우가 많다. 매일 백화점 문을 열기 전에 그 안에서 얼마나 까다로운 절차가 진행되는지 백화점 직원이 아니면 잘 모르는 것과 마찬가지다. 이 세상의 모든 일에 가지요리를 먹기까지 이상의 수고로움이 안개처럼 스며들어 있다. 심지어 내가 지금 이 글을 쓰기 위해 사용하는 건물, 사무실, 책상과 의자, 컴퓨터, 자판, 마우스, 전기, 마시는 커피와 연잎 차 하나하나에도 셀 수 없는 사람들의 손길과 마음과 정성과 수고로움이 배어있다고 생각하니 주변에 있는 모든 것이 소중하게 여겨진다.

생텍쥐베리의 『어린왕자』에 나오는 가로등지기 이야기처럼 세상은 점점 각박하고 빠르게 변하고 있다. 하루에 한 번 돌던 어느 행성의 자전 속도가 점점 빨라져 1분에 한 번씩 돌게 되니 거기에 맞춰 가로등을 켜고 끄느라 주변을 살펴볼 겨를이 없을 정도로 분주한 가로등지기 모습처럼 말이다. 마치 1940년대에 이미 오늘날 세상 변화를 예견한 듯해서 새삼 생텍쥐베리가 더 위대한 작가로 여겨진다.

요즘 참 편리한 시대에 살고 있다. 특히나 인터넷 쇼핑이나 홈쇼핑 판매를 통해 돈만 있으면 모든 것을 쉽게 누릴 수 있기에 우리가 접하는 모든 물건과 서비스에 담긴 수고로움을 상기하거나 고마워하지 않는다. 본인이 직접 보지 않고 경험하지 않은 것에 대해서는 중력이 거리 제곱에 반비례하듯 관심이 덜해지기 마련인가 보다. 하지만 오뉴월 뙤약볕에서 잡초와 씨름하는 농부를 생각하면 구내식당에서 음식을 한가득 가져와 반 이상을 음식쓰레기로 버리는 일이 얼마나 잘못된 일인지 깨닫게 될 것이다. 하던 일을 잠시 멈추고, 내가 누리고 있는 주변의 사물과 편리함 속에 담긴 여러 사람들의 손길과 정성을 음미하고 느끼는 여유를 가져보면 어떨까.

내가 마시는 커피 한 잔을 위해 수고했을 아프리카의 이름 모를 어느 따스한 손길이 커피 향을 통해 오늘따라 더 진하게 전해진다.

능력보존의 법칙

　애들 엄마를 보면 자전거도 제대로 못 타고, 컴퓨터로 문서나 발표 자료를 멋있게 만들 줄도 모르고, 책도 나만큼 읽지 않고, 쓸데없는 드라마나 즐기는 모습이 가끔 한심하기까지 하다. 그래서 나보다 한 단계 낮은 수준의 사람으로 여기며 살아왔다. 하지만 언젠가 애들하고 끊임없이 대화하고 정감을 나누는 애들 엄마를 보며 나보다 나은 면이 있다는 것을 발견하게 되었다. 애들도 문제나 고민이 있으면 먼저 엄마에게 알리고 의지하는 거 같다. 만일 애들 엄마가 나와 같은 모습으로 생활하면서 나와 동등한 능력을 발휘한다면 애들을 위해 나누어 줄 시간이나 보살핌의 여분이 있을까 하는 생각이 문득 들었다. 자연에 보존의 법칙이 존재하듯이 우리 인간에게도 능력보존의 법칙이 성립한다는 것을 깨닫게 된 순간이다.

　사회생활의 능력 면에서 내가 보기에 한심할 만큼 나보다 뒤떨어지지만 그러기 때문에 전혀 다른 면에서 능력을 발휘하는 게 아닌가 싶다. 너무 당연한 얘기를 마치 새삼 특별한 것처럼 얘기한다고 의아해할 수도 있다. 하지만 내가 50대 후반까지 살면서 인식하지 못한 것을 이제야 깨달았기에 내겐 더욱 크게 다가왔다. 우리는 내가 하는 일이 남들보다 더 중요하다고 생각하기에 본인의 잣대에 맞춰 아전인수식으로 판단하는 경향이 있다. 내 식이 아니면 좀처럼 인정하지 않으려는 경향 말이다.

이 세상에 모든 인간은 거의 같은 능력을 가지고 태어나며 그 능력은 없어지지 않고 죽을 때까지 같은 양으로 존재하는 것 같다. 나이가 들면 기억력이 감퇴된다. 나도 60대에 가까워지니 방금 무엇을 하려 했는지 잊어버려 당황하는 경우가 종종 있다. 내 또래의 많은 사람들이 고개를 끄덕일 것이다. 하지만 어떤 이는 다음과 같이 위로한다. 나이 들면서 기억력이 떨어지는 만큼 지혜로 채워진다고. 30년 간 직장 생활을 하면서 발견한 것이 있다. 어떤 일에 능력이 떨어지는 사람이 다른 일에서는 훨씬 뛰어난 능력을 발휘한다는 사실이다.

얼마 전 연예인들의 해군 수중인명구조대 훈련 체험 TV 프로그램에서 바싹 마른 출연자가 체력 면에서는 다른 사람에 비해 형편없었지만, 물속에서 숨을 참을 때는 최고의 능력을 발휘하는 것을 보고 능력보존의 법칙에 대해 확신하게 되었다. 내가 요즘 배우고 있는 판소리에서 명창의 반열에 올랐던 대다수가 입산 수련하느라 가정에 소홀한 것도 마찬가지다. 자신이 가진 능력을 오로지 소리 공부에 쏟아부어야 그 경지에 이를 수 있으니 가정을 돌볼 여력이 없었던 것이다. 역사에 이름을 남긴 대부분의 사람들도 이런 삶을 살았으리라.

가정이나 직장에서도 어느 한 면만 보고 구성원의 능력을 쉽사리 판단해서는 안 된다. 이쪽에 능력이 없다면 반드시 다른 쪽에 능력이 있을 거라는 확신을 가지고 살펴보면 무능하게 여겨지던 사람이 더 잘할 수 있는 것을 찾아낼 수 있기 마련이다. 능력보존의 법칙이 있어 세상은 공평한 것 같다.

하나하나
음미하며 살고 싶다

어제 대학시절 동아리 동기들과 서울탐방 모임을 가졌다. 두 달마다 모여 서울의 성곽과 문화재 등을 탐방하기로 하고, 지난번 서울 두드림길 백악구간에 이어 이번 인왕산구간을 탐방했다. 와룡공원에서 출발해서 청와대 뒤편의 한양도성 북문에 해당하는 숙정문을 거쳐 인왕산을 넘어 창의문까지 이어지는 구간이다. 나를 제외하고 4명의 동기들 모두 서울·경기지역에 산다. 보통 그렇듯이 대전에서 올라온 내가 제일 먼저 도착해서, 와룡공원 입구의 정자에 올라앉아 양말을 벗고 한쪽 기둥에 기댄 채 한참 친구들을 기다렸다.

피곤함을 느껴 다리를 쭉 편 채 눈을 감고 있으려니 성곽 쪽에서 산들바람이 시원하게 불어온다. 마치 조선 오백 년의 역사가 내 발가락을 간지럽히며 속삭이는 듯했다. 발가락 사이로 빠져나가는 바람의 느낌을 한참 음미하고 있으려니 바람의 속삭임, 새소리, 쥐똥나무 꽃향기 등이 새삼 신선하게 다가왔다. 산을 넘어 걸어서 출근하던 시절 연구소 뒷산 벤치에 홀로 앉아 산속 여기저기서 지저귀는 새소리에 귀 기울이던 때가 생각난다. 그때 새소리가 참 다양하기도 하고 어느 정도 규칙성도 있다는 느낌을 받곤 했다. 가만히 앉아 오감을 따라가다 보면 그동안 무심코 지나쳤던 나무들의 여러 모습과 가지들의 흔들림, 계절에 따라 변하는 나뭇잎의 색깔과 형태, 지지배배 뻐꾹 호로로 딱따다다 노래하는 새소리와 새들이 이 가지, 저 가지로 옮겨 다니는 생기발랄한 경쾌함, 나뭇잎을 흔드는 바람 소리와 바람이 피부에 닿는 느낌, 바람에 실려 오는 꽃향기, 구름이 하늘에 그렸다가 지우는 여러 형태의 그림들, 풀벌레들의 속삭임, 좁은 웅덩이에 새까맣게 꾸물거리는 도룡뇽과 올챙이들의 분주함 등 자연이 우리에게 준 선물들이 비로소 하나하나씩 그 모습을 드러낸다.

이동통신 기술의 발전과 함께 LTE급이라는 용어가 요즘의 빠른 세태를 상징하고 있다. 느리다는 것은 게으름을 의미하며 이 사회에서 용납될 수 없는 단어로 취급된지 오래며 금기시되는 문화로 자리 잡아왔다. 세계 최빈국 중 하나였던 우리가 가난을 해결하고 세계인의 주목을 받을 만큼 성장하기 위해서는 쉬지 않고 일하는 근면함과 빨리빨리 문화가 큰 역할을 해왔다. 하지만 양적인 성장을 추구해 온 우리의 삶을 질적인 면에서 더 품위 있게 향상시키기 위해서는 이제껏 우리의 미덕이라고 여겨왔던 습성과 문화를 과감하게 바꿔야 할 때가 왔다. 유럽이나 북미에 가면 공원에 한가하게 앉아 자연을 느끼거나 책을 읽는 모습을 종종 본다. 외국여행을 가서 몇 개국 몇 개 도시를 다녀왔는지를 화제로 삼는 우리 사회 정서와는 다른 모습을 보며 여유로운 그들이 부럽기까지 하다.

주 5일제 근무를 도입할 때, 쉬는 날이 많아지면 우리의 경제 성장이 위축될 것이라는 등 이 제도를 도입하기엔 아직 이르다는 등 이런 저런 우려가 많았다. 교복 자유화나 두발 자유화를 도입할 때도 청소년의 비리가 많아지고 젊은이들의 자유분방함이 우리의 미풍양속을 마구 해칠 듯이 떠들어댔다. 하지만 그런 우려들이 기우에 지나지 않았음이 증명된지 오래다.

그동안 우리에게 유리하게 작용해왔던 여러 가지 습관과 문화를 바꾸면 그동안 우리가 이룩하여 누리고 있는 혜택이 사라질까 봐 겁을 내며 망설이기도 한다. 하지만 이런 우려와 태도가 우리가 선진국으로 나가기 위해 반드시 취해야 할 또 다른 선택을 가로막는 장애 요소임을 인식해야 한다. 그중 하나가 빨리빨리 문화다. 빨리빨리 문화는 남의 것을 베껴 물건을 싼값에 만들어 팔던 시대에는 가장 효과적인 문화였다.

하지만 선진국에 걸맞는 좀 더 창조적이고 품위 있는 사회를 만들기 위해서는 우리에게 익숙한 빨리빨리 문화를 과감하게 버리고 쉬엄쉬엄 하나하나 음미하는 문화를 만들어 내야 한다. 이런 문화가 정착될 때 비로소 우리 사회가 더 따뜻해지고 더 밝아지고 더 행복해지리라. 옛 선비의 풍류 정신이 그립다.

세상에서
가장 아름다운 여자

아침에 차로 출근하다 보면 비교적 젊은 어머니들이 등교하는 아이들의 안전을 위해 학교 근처 건널목에서 교통안내를 하는 모습을 종종 본다. 요즘은 아빠들도 교통안내를 한다고 들었는데 내가 직접 본 적은 없다. 화사한 모자를 쓰고 한 손엔 노란 깃발을 들고 환한 미소로 다소곳하게 또는 적극성을 띠며 아이들을 돌보는 모습이 마치 아이들의 수호천사 같아 나도 모르게 기분이 좋아지고 하루가 상큼해진다. 1분 1초가 바쁜 출근길임에도 불구하고 아침 천사들이 미소와 함께 보내는 정지 신호가 귀찮게 느껴지지 않고 멈춰서 마냥 보고 싶을 정도다. 나에겐 그 모습이 이 세상에서 가장 아름다운 여자의 모습이다. 아침이라 화장도 하지 않은 맨얼굴이지만 사랑으로 가득 찬 이슬같이 청순한 모습이 아마 천사가 있으면 바로 저 모습이 아닐까.

생텍쥐베리의 소설 『어린왕자』를 읽어 보면 여자를 상징하는 꽃이

피기까지 꽃 몽우리 안에서 꽃잎 하나하나를 가지런히 펴고, 꽃술을 예쁘게 다듬고 배치하는 등 정성스럽게 준비하는 모습이 묘사되어 있다.

한 여자와 살면서 외출하기까지 얼마나 많은 공을 들이는가를 겪어 봤기에 언제부턴가 바깥나들이 하는 여자들의 모습이 예사롭게 보이지 않는다. 삼 형제의 틈바구니에서 자란 탓에 그동안 이런 면에서 무척 무뎠던 터라 나로서는 큰 발견이다. 여자들 얼굴의 화장한 모습은 물론 옷과 머리의 매무새나 차거나 달고 있는 장신구, 들고 다니는 가방, 신고 다니는 신발, 심지어 매고 있는 작은 스카프 하나하나에 의도적인 정성이 들어 있다는 것을 새삼 깨닫게 된 것이다.

여자들이 만나면 제일 먼저 외모나 장신구, 가방, 신발 등의 변화에 대해 경쟁적으로 서로 칭찬하기에 정신없다. 여자들이 왜 저럴까 의구심이 들었는데 정성 들여 꾸민 노력을 알아주지 않거나 칭찬해 주지 않으면 얼마나 속상한가를 서로 알기에 남자들 눈에는 이상하다 싶을 정도로 호들갑이다. 내 경우 여비서가 너무 외모에만 신경 쓸까 봐 외모 변화의 칭찬에 일부러 인색했고, 여자들의 외모 변화에 무감각하거나 무시해 왔지만 요즘은 그 정성을 알아주고 인정하려고 노력하고 있는 편이다. 여자들 편에서 볼 때 이제 나도 정상인으로 진화하고 있는 셈이다.

요즘 우리나라뿐만 아니라 세계적으로도 외모 지상주의가 대세다. 중국이 좀 잘살게 되니까 우리나라로 몰려오는 성형 관광이 상상을 초월할 정도란다. 많은 병원에서 중국 여자들의 성형 관광을 유치하기 위해 혈안이고 중간 브로커의 농간이 사회적 문제가 되고 있을 정도다. 우리나라에서는 여자들이 명품가방에 관심이 지대하다. 명품가방 하나 이상을 가지고 있지 않으면 사회적으로 빈곤감을 느끼는 모양이다. 명품가방은 격조 있는 파티나 행사 등 특별한 모임에 지니고 다니는 것인데 지하철이나 버스에서나 심지어 쇼핑하는 많은 여자들이 명품가방을 들고 다니는 모습이 왠지 어색해 보인다. 우리나라가 저렇게 잘 사는 나라인가 의구심이 든다. 대부분이 짝퉁이라고 하지만, 나 같으면 창피하거나 자존심이 상해 짝퉁을 가지고 다니고 싶지 않을 터이나 뭔가 있어 보이려고 시쳇말로 개나 소나 명품을 들고 다닌다. 선진국을 다녀보면 대중교통을 이용하거나 길거리를 다니거나 쇼핑하는 여자들이 명품가방을 가지고 다니는 모습을 거의 본 적이 없다. 이런 대비되는 모습이 우리 사회가 아직 선진국에 진입할 준비가 덜 되었다는 반증이기도 하다. 겉보다는 속을 채우는 쪽으로 우리 사회가 변해야 진정 선진국이 될 것인데 안타깝다.

가수 남진의 1970년대 노래 중에 "마음이 고와야 여자지 얼굴만 예쁘다고 여자냐"라는 가사가 있다. 과거에 유행했던 노래라고 치부하기엔 가사가 정말 가슴에 와 닿는다. 새로 이사 온 아파트에는 초등학교가 출근길 반대편에 있어 아침에 천사들의 모습을 볼 수 없어 아쉽다. 출근 노선을 좀 더 멀게 바꿔서라도 이 세상에서 가장 아름다운 여자의 민낯 미소를 보고 싶다.